琼 瑶

作 品 大 全 集

还珠格格

第二部 4

浪迹天涯

琼瑶

著

作家出版社

琼瑶，本名陈喆，作家、编剧、作词人、影视制作人。原籍湖南衡阳，1938年生于四川成都，1949年随父母由大陆赴台生活。16岁时以笔名心如发表小说《云影》，25岁时出版首部长篇小说《窗外》。多年来笔耕不辍，代表作包括《烟雨蒙蒙》《几度夕阳红》《彩云飞》《海鸥飞处》《心有千千结》《一帘幽梦》《在水一方》《我是一片云》《庭院深深》等。

多部作品先后改编成为电影及电视剧，琼瑶也因此步入影视产业。《六个梦》系列、《梅花三弄》系列、《还珠格格》系列等，影响至深，成为几代读者与观众共同的记忆。

琼瑶以流畅优美的文笔，编织了众多曲折动人的故事。其作品以对于梦的憧憬和爱的执着，与大众流行文化紧密结合，风靡半个多世纪，成为华文世界中极重要的文学经典。

我為愛而生，我為愛而寫

文字裡度過多少春夏秋冬

文字裡留下多少青春浪漫

人世間雖然沒有天長地久

故事裡火花燃燒愛也依舊

　　　　　　　　復禄

第一章

街上还是群情激昂，群众一直在喊着叫着：

"格格不死！千岁千岁千千岁！格格不死！千岁千岁千千岁……"

囚车的队伍已经停顿，监斩官有意在等乾隆的旨令，故意拖延时间。

小燕子依旧挥着手，跳着，叫着……

紫薇忽然在人群中看到尔康、永琪、柳青、柳红了。她惊得浑身一颤，眼光就和尔康的眼光纠缠在一起了。尔康立刻用眼神递着讯息。刹那间，天地万物化为虚无。世界变成混沌初开的时候，什么人都不存在了，只有你我。在那一瞬间，两人的眼光已经交换了千言万语。

监斩官等待着，群众等待着，紫薇和小燕子等待着，尔康、永琪、柳青、柳红……等待着。终于，马蹄嗒嗒，那个领命而去的侍卫高举着一面黄旗，快马奔了回来。

所有的群众全部安静下来，大家都目不转睛地盯着那面黄色的旗子。

侍卫勒马停下，对监斩官大声地说道：

"皇上有令，立即处死两个人犯！杀无赦！"

尔康惊呆了，永琪惊呆了，柳青、柳红惊呆了。监斩官惊呆了，群众惊呆了。紫薇和小燕子也惊呆了。四周突然变得鸦雀无声了。

尔康、永琪等人，大家用眼神示意，沉重地一点头，豁出去了。

监斩官回过神来，对大队一挥手：

"快走！直接去法场！不要延误！"

大队立刻动了起来。群众大哗，又开始吼声震天：

"饶格格不死！饶格格不死！饶格格不死……"

小燕子这下知道，希望又落空了，伸手握住了紫薇的手，不笑了。

许多群众开始向囚车挤来，侍卫拿着木棍拦着激动的群众，不许众人上前。这时，宝丫头忽然从群众中飞奔而出，追着囚车凄厉地大喊大叫：

"小燕子姐姐！紫薇姐姐……小燕子姐姐！紫薇姐姐……你们不可以死啊……回来呀……回来呀……"

宝丫头这样一喊，就有好多孩子纷纷跑了出来，追着囚车大叫：

"小燕子姐姐……紫薇姐姐……小燕子姐姐……紫薇姐姐……"

小燕子惊喊着："是宝丫头！还有小豆子！小虎子……大宝、二毛……哎！整个大杂院的孩子都来了！"就忍不住挥着帕子大叫："宝丫头！小豆子！小虎子……大宝、二毛……"

孩子们疯狂地喊：

"小燕子姐姐……紫薇姐姐！"

紫薇挥着帕子大喊：

"回去！宝丫头，带大家回去！不要看我们砍头……大家都回去！听紫薇姐姐的话……砍头不好看啊……不要看呀……"

官兵、侍卫、前驱队伍又被这些孩子惊动了。侍卫就去驱赶孩子：

"哪儿来的孩子？赶快让开！砍头有什么好看？不要挡着路，快让开……"

孩子们哪儿肯听，拼命去追囚车，大叫不停。紫薇生怕孩子受伤，对侍卫大喊：

"请不要伤到孩子！各位好汉，手下留情啊……"

场面被孩子一闹，顿时混乱起来。激动的群众就纷纷拥上前去，喊着，叫着：

"为什么要杀'民间格格'？不可以杀'民间格格'！格格千岁千岁千千岁……"

尔康、永琪、柳青、柳红四人彼此一看，大家将脖子上的黑巾一拉，遮住口鼻。尔康大声说道：

"此时不上，更待何时？"

尔康就飞身而起，直冲囚车。永琪、柳青、柳红立刻回应，四人拔出腰间匕首、长剑、九节鞭等武器，迅速地打倒了几个侍卫，往囚车扑了过去。侍卫大叫：

"有人劫囚车啊！看守人犯要紧！"

侍卫长剑出鞘，和尔康等人大打出手。

围观群众更是哗然，挤来挤去，个个摩拳擦掌，鼓噪着：

"打呀！打呀……救格格呀！打呀……救格格呀……"

孩子们还在尖叫"小燕子姐姐，紫薇姐姐"，场面大乱。

尔康、永琪、柳青、柳红打得天翻地覆，但是，侍卫个个武功高强，四人一时之间还是无法攻上囚车。

就在这时，一个浑身黑衣、黑巾蒙脸的人，飞越过众人头顶，直奔囚车。同时，另外一个浑身黑衣的蒙面人，从另外一个方向，也飞向囚车。两人手里都拿着剑，前者迅如闪电，后者快如疾风，双双飞扑而至。只见长剑寒气森森，寒光闪闪，像闪电般指向众侍卫，转眼间，侍卫们伤胳臂的伤胳臂，伤腿的伤腿，乒乒乓乓倒了一地。

两个黑衣人就双双跃上囚车，勇不可当，挥剑连砍两下，紫薇和小燕子的脚镣手铐应声而断。

小燕子和一个黑衣人的眼光一接，惊喜地喊：

"箫剑！"

紫薇和另外一个眼光一接，也惊喊：

"蒙丹！"

来人正是箫剑和蒙丹。两人喊道：

"跟我走！"

箫剑就一手捞起小燕子，蒙丹就一手捞起紫薇，四人飞身而去。

尔康等人惊喜交集地看着这一幕，真是天助我也！尔康立刻喊：

"不要恋战！大家撤！"

尔康等人就三下两下打倒身边侍卫，急忙施展轻功，追着萧剑、蒙丹而去。

监斩官大惊，勒马奔来，大叫：

"赶快去追犯人呀！追呀！"

侍卫、官兵就纷纷追去。奈何群众兴奋得手舞足蹈，大家全体挤上前来，故意拦住追兵的路。众追兵被群众困得手忙脚乱。

就在这一团混乱中，萧剑带着小燕子、蒙丹带着紫薇，脚不沾尘地飞奔进了树林。尔康、永琪、柳青、柳红跟着奔来。

只见林子里停着一辆马车。有个双目炯炯的庄稼汉正坐在驾驶座上，神情专注地等待着。蒙丹回头对尔康等人喊道：

"大家快上马车！车夫是老欧，自己人！"

马车门开着，蒙丹带着紫薇跃上车，萧剑带着小燕子跃上车。柳青、柳红、尔康、永琪就全部跃上马车。

车门还没关好，老欧已经飞快地驾着车子离开。

"驾！驾！驾……"

车内，众人惊魂未定，却惊喜地互视着。大家已经把蒙面的黑巾取下。尔康不敢相信地看着蒙丹和萧剑，问：

"是谁准备的马车？这么周到？"

"除了萧剑，还有谁？自从会宾楼出了事，他就在计划怎么救人！"蒙丹说。

小燕子摸了摸自己的脑袋，忽然有了真实感，欢声地大叫大跳起来。

"哇……我的脑袋还在！哇……我们没有死！紫薇！"她疯狂地摇着紫薇，"我们还活着！全世界的人都跑出来救我们！蒙丹、萧剑，还有大杂院的老老小小……"

紫薇眼睛发亮，激动地说："是啊！这是怎么一回事？太多的意外，我简直承受不起了！"她看看蒙丹，又看看萧剑："你们怎么都来了？"

永琪急忙拉住小燕子：

"小燕子，别跳别跳！这辆马车已经超载了，你再跳，万一把车子跳垮了，那就太冤了！好不容易从断头台上把你们抢救下来，别摔了车！"

小燕子的脸孔因兴奋刺激而涨得红红的，哪里安静得下来，嚷着：

"太刺激了！太过瘾了！师父，你怎么还在北京？我以为你老早就到了六河沟还是七河沟了！含香在哪里？你跑来救我们，含香安全不安全啊？还有萧剑，你为什么要骗我？你武功已经到了那个'神仙画画'的地步，为什么说你不会武功？你那个剑法是怎么练的？你飞上囚车的时候，我只看到你唰唰唰唰几下，就把一排人打倒了，怎么会这样神呢？我太佩服了，佩服得'五个身体都摔到地下去了'！哇……好刺激好紧张啊……"

尔康打断了兴奋的小燕子：

"现在，我们在往哪儿跑呀？"

"往一个安全的地方跑！"萧剑微笑地说。

"蒙丹和萧剑会来帮忙，实在太意外了，你们有谁可以告诉我，这是怎么回事？"柳青问，又是震惊，又是欣喜。逃走的蒙丹会回来，不会武功的萧剑居然是个中翘楚，实在太离奇了。

"说来话长，慢慢再说吧！"萧剑说。

车子往前急驰。

"我们的行李、马车都在帽儿胡同！事情闹得这么大，恐怕不能去帽儿胡同了！"柳红看着尔康。

"你们也有逃亡的准备了吗？不是不能去，要等天黑才能行动！"萧剑说。

"萧剑，"尔康盯着萧剑，"你真是深藏不露，这样子飞出来救人，带给我们太大的惊喜，太大的震撼！"

"你们才带给我太大的震撼！"萧剑一笑，"每个人为了彼此，都可以拼掉自己的命！紫薇和小燕子这两个格格更是让人刮目相看！刚刚在囚车上，我算是见识了所谓'格格'的风度，要上断头台的人，还能谈笑自若、引吭高歌，实在不简单！"

紫薇脸色一沉，恻然地说：

"不要再提'格格'两个字，那两个字对于我们，是毫无意义了！那已经变成一个历史、一个故事、一个回忆和一个惨痛的经验了！"

尔康听得好心痛，就把紫薇的手一握，深深地看着她说：

"成为历史的，岂止你们两个的'格格'？还有永琪的'阿哥'、含香的'香妃'、我的'御前侍卫'！柳青柳红的'会宾楼'、蒙丹的'新疆'。至于萧剑……"就凝视萧剑："当然也有萧剑的历史！"

萧剑大笑起来：

"是！没有'历史'的人生，是乏味的！如果现在有酒，我一定和大家干一杯！为大家的'历史'干杯！为大家的'故事'干杯！这世界上有两种人，一种人'制造故事'、一种人'看故事'，我何幸认识了这么多'制造故事'的人，觉得'与有荣焉'！"

小燕子逃出了死亡，就兴奋得不得了，神采飞扬地喊着：

"什么'鱼有浓烟'？鱼冒烟一定是烤焦了！想到烤鱼，我现在就觉得肚子饿了，真想吃东西！自从关进监牢，我还没有吃过什么东西呢！就算烤焦的鱼，我也会吃得连骨头都不剩！"

萧剑看着小燕子，不禁大笑：

"鱼有浓烟？好极了！还珠格格，我服了你了！"

"你又会武功，又会骗人，我才服了你呢！"

永琪看着欢笑的小燕子，看着车外飞驰倒退的树林，知道那个属于"阿哥"的年代，已经正式结束，心里不能不涌上一阵惆怅，感慨地说：

"从此以后，我们就和以前的生活告别了！"

尔康震动着，也深深地明白，自己的锦绣前程，也从此结束了。他看看紫薇，洒脱地接口：

"告别了也好，告别了过去，才能创造未来！"

"好一个'告别了过去，才能创造未来'！"永琪说，"看样子，我们要集体创造未来了！"

"未来万岁！"小燕子高举着双手欢呼。

永琪看着这样高兴的小燕子，忍不住跟着笑了。

尔康看着紫薇，满眼的深情和坚定。从此之后，海角天涯，他们只有彼此了。紫薇迎视着他的眼光，深深刻刻地看进他的内心深处。他们就这样对看着，再也没有顾虑，再也没有保留，完全放任自己的眼光，去透露心底最深刻的柔情。

马车疾驰着，出了阜成门，已经是郊区了，再跑了一阵，车子驶进了一个农庄的院子。

院子里有几个农妇用布巾包着头，拿着耙子，正在晒谷子。

马车踢踢踏踏进来，农妇们抬头看了看，其中两个就奔上前来。

老欧跳下车，车门打开，众人纷纷下车。箫剑说：

"这里是老欧的农庄，我们藏在这儿，安全极了！"

一个农妇一把抓住了紫薇和小燕子的手，惊喜地大叫：

"紫薇！小燕子！他们把你们救出来了！我担心得不得了……"

紫薇、小燕子、永琪、尔康、柳青、柳红定睛一看，不禁脱口惊呼：

"含香！"

紫薇和小燕子就拉着含香的手又叫又跳，惊喜交集。

"含香！你怎么还在北京呢？"

"是啊！我们不是把你们已经送到石家庄了吗？"柳青困惑极了。

"你这样一打扮，我简直认不出是你！"柳红说。

小燕子用手揉着眼睛。

"哇！我是不是在做梦呢？以为今天脑袋会和脖子分家，不知道会惨成什么样子，谁知道，不但脑袋没掉，还和所有的人见面了！我太高兴了！"就放声大叫，"哇……活着真好！"

蒙丹急忙喊：

"别叫别叫！赶快进屋里去！不要以为已经安全了，这儿，追兵还是会搜捕过来的！小燕子，你注意一点！我们现在是一群逃犯！可不是享有特权的格格、阿哥了！"

箫剑就介绍说：

"这是老欧，这是欧嫂！老欧是我的老朋友了。"

老欧和欧嫂就上前招呼众人：

"老欧见过各位！"

"大家辛苦了！赶快去屋里坐，我已经准备了一点酒菜，乡下地方，没什么好吃的，大家随便吃吃，一定都饿了！"欧嫂笑吟吟地说。

尔康握住老欧的手：

"谢谢你们，素昧平生，竟然这样援助我们！"

"说哪儿话？箫剑是我们夫妻的救命恩人，箫剑的朋友，就是我们的朋友！"老欧义气地说。

含香就急急地打断大家：

"快进去！快进去……我们已经准备了衣服，大家先换衣服要紧！万一有人搜查，我们大家在装扮上就露了相！有话，进去再说！"

大家就急急地进了房间。

含香把紫薇、小燕子、柳红带进卧房。只见床上已经放着好几套农妇的衣服。

"来来来！大家都打扮成农家妇女的样子，如果有追兵进来搜捕，大家全体去外面晒谷场晒谷子，知道吗？"含香说。

"知道！知道！这个太简单了，就像当初全体当萨满法师一样！当萨满法师还要念咒，挥舞伏魔棒！这个只要挥挥耙子就可以了，简单！"小燕子兴奋地嚷着。

含香帮着大家换衣服，改装，几个女子都有一肚子的问题，一面换衣服，一面就兴奋地问着各种问题。

"含香，你们到底是怎么回事？不是已经往南跑了吗？"紫薇问。

"你们不知道，都是那个箫剑，他真是一个好聪明的人！他给了我们三个锦囊，要我们到了石家庄再看！事实上，柳青、柳红一离开我们，我们就觉得很不对劲，心里一直不安，就怕你大家出事！如果为了我们让你们送命，我们以后怎么可能活下去呢？结果，打开第一个锦囊一看，上面写着老欧的地址和一句话：'如果不放心他们，就到老欧那儿等消息！'我和蒙丹，干脆把三个锦囊都拆了，第二个写着：'放弃云南，随便选择一个方向去走，免得他们有人落网，吃不消严刑拷打，把你们的路线招出来！'"

"他想得好周到！"紫薇惊呼，"连他自己，都不要知道你们的下落！那个云南大理，原来是他在故布疑阵！我就说，这条路，未免选得太远！原来，他已经想好，假若有人招了，会把追兵一路引到云南去……哇，好高明啊！"

小燕子已经等不及地追问道：

"第三个锦囊写的是什么呢？"

"第三个写着：'最危险的地方，就是最安全的地方。含香已经不香了，何不冒险回北京？在北京藏上一年半载，等到风平浪静，再选择去向！'"

"他真是聪明啊！皇上一定以为你们远走高飞了，会派兵去城外找，不会在北京城里找！"柳红折服地说。

"我们看了，立刻选择了第一个锦囊的办法，到了这儿。没多久，萧剑就来了，告诉我们，你们大家出了事，要蒙丹留下，帮他一起劫狱！那时候，还不知道五阿哥和尔康会逃出来……他们计划了一大堆劫狱的办法，预备要闯进皇宫呢！"

大家在谈话中，紫薇、小燕子、柳红已经换好了衣服，全是荆钗布裙、农家装束。彼此互看，都有些认不出来了。含香再拿了包头的头巾，给三人扎上。小燕子指着紫薇，笑着说：

"完全变了一个样，我猜，就算皇阿玛站在你面前，也认不出你来了！"

一听到"皇阿玛"三个字，紫薇脸色一沉，笑容完全消失了。

这时，门外有人敲门，萧剑的声音响了起来：

"衣服换好没有？'鱼有浓烟'已经烤好了，有没有人想吃啊？"

"哇！可以吃东西了！"小燕子欢呼，"经过砍头以后，还有嘴巴可以吃，实在太好了！大家赶快去吃东西吧！"

大家到了餐厅，就看到穿着粗布衣裳的尔康和永琪，小燕子从来没有看过两人这样打扮，觉得新鲜极了，看着大家，又看自己，一直笑个不停。紫薇看到尔康和永琪都变成了普通老百姓，想着那个绿瓦红墙，那个宫廷，知道自己和小燕子影响了尔康和永琪的一生，就有些怔忡起来。而且，此时此刻，大家都团聚了，却少了一个人！金琐呢？她在哪儿呢？紫薇一想到金琐，神色就黯淡了，面对着一桌子的菜，也食不下咽了。

大家围着桌子坐下，桌上虽然是粗茶淡饭，也是非常丰盛。

欧嫂照顾着大家："大家肯定饿了，多吃一点！"忙着帮每个人布菜。

"欧嫂，你坐下来，不要管大家了，他们自己会照顾自己！如果吃饭还要你这么照顾，以后的日子怎么过？他们一个个，都不是金枝玉叶了！"萧剑沉稳地说。

"就是！就是！你不要管我们，我们会把自己喂饱的！没有人会跟你客气！"小燕子含着食物，口齿不清地嚷嚷。

永琪看着农妇打扮的小燕子和紫薇，叹口气说：

"真是料想不到呀！没多久以前，她们两个还在囚车上等着要被砍头！现在，居然活蹦乱跳地在这儿吃东西！"

老欧拿了一壶酒来：

"为了庆祝两位姑娘重生，喝一杯吧！不是好酒，马马虎虎可以喝！"

"老欧，你真是我的知己！"箫剑大乐，"此时此刻，最需要的，就是这杯酒了！"就给每人都斟满了杯子。

尔康急忙提醒大家：

"都不能醉，追兵随时都可能出现，维持清醒是第一原则！为了庆祝，我们就小小地喝一杯吧！"

柳青就兴高采烈地举杯，说道：

"大家千岁千岁千千岁！"

"不用'千岁千岁千千岁'，长命百岁就可以了！"柳红笑着说。

大家死里逃生，又是别后重圆，说不出来地兴奋，就举杯相碰，全部欢呼：

"大家都长命百岁！"

紫薇不想让大家扫兴，勉强喝了一口酒，看着大家，真是人人团聚了，连蒙丹和含香都亲亲密密地在一起。金琐呢？她从小照顾着自己，陪伴着自己，当自己痛苦时，她在旁边安慰；当自己有难时，她在一起分担。但是，自己给了金琐什么？连尔康这个承诺，都取消了，还连累她一再受苦。现在，大家坐在这儿喝酒，金琐却戴着脚镣手铐，戴着木枷，跋涉在去蒙古的旅途上。想到这儿，就更加难过了。

小燕子大难不死，一时之间，想不到金琐。她高兴得不得了，喊着：

"好香的酒！好好吃的菜，好有味道的饭！哇！人生最大的幸福，就是'有脑袋'，以前，我真是对不起自己的脑袋，都没有好好地重视它！"

"你一张嘴，又要吃，又要喝，又要说……累不累？"永琪问。

"不累不累，昨晚，晴儿、令妃娘娘来救我们，差点就把我们救出去了！偏偏皇后赶到，阻止了令妃娘娘的计划！我恨得牙痒痒，皇后还对我说：'等到你的脑袋跟脖子分了家，看你还用哪个嘴巴去说！'现在，我的脑袋没有跟脖子分家，嘴巴依然有用，我就太得意了！聒噪一点，各位包涵了！"

众人全部笑了起来，唯有紫薇捧着饭碗，食不知味。

尔康看到紫薇食不知味，就也不安起来，不住地看紫薇。

小燕子兴奋地看着萧剑，开始"审问"起萧剑来：

"萧剑！我问你！你以前是什么意思？两次和我比武，都故意在那儿左摔一跤，右摔一跤，演得跟真的一样！你藐视我啊？要我啊？看不起我啊？"

萧剑笑了，凝视小燕子：

"武功要在紧急的时候用，不是用来玩儿的！你抢我的剑，摆明要和我玩玩！既然是玩玩，就不能认真了！如果看不起你，今天还会去劫囚车吗？"

小燕子心情太好了，兴奋地看着大家：

"我们全体拜把子，好不好？今天就拜，好不好？难得都是'要头一颗，要命一条'的人，又都是'头也不掉，命也不丢'的人！你们常说的两句话，我记不起来了，我有两句话，'同是脑袋不掉人，相遇何不就结拜'？"

众人全部大笑。

紫薇笑不出来，勉强扒了两口饭，实在忍不住眼泪一掉，匆匆地站起身来：

"对不起！你们大家吃，我吃不下，我到院子里透透气！"

紫薇就用手捂着嘴，跑出门去。

大家都呆住了。尔康跟着跳了起来：

"你们吃！我去陪着她！"

紫薇奔到院子一角，站住了，用手拼命擦眼泪。

尔康跑过来，激动地握住了她的手，急急地说：

"我答应你，我一定会把她救出来！你知道，我的时间实在太紧迫了！你们两个要砍头，我们只能先管你们！现在，你们已经脱离险境，我下一步棋，就是去营救金琐了！你想，我怎么会把她忘记呢？我已经打听过了，到蒙古有两条路，一条经过察哈尔，一条经过绥远！金琐被流放到蒙古最北边的'肯木毕齐尔'，所以，官兵的路线一定是走西北边的绥远！我已经研究过地图，也打听了那条流放的路线……等我吃完这餐饭，我就带着柳青、柳红去营救她！"

紫薇掉头看尔康，眼睛发光了。

"你知道我在想什么！"

尔康深深地看着她：

"经过了这么多'生生死死'，如果我还看不出你的心事，那我还有资格成为你的尔康吗？"

"那么，我还有其他的心事呢？"

"放不下令妃娘娘，放不下晴儿，放不下我的阿玛和额娘！"

紫薇深吸了一口气：

"是！你已经看穿我了！我们集体一跑，丢下的摊子好大！我想到今天在囚车上，老百姓都为我们请命，监斩官都心软了。但是，侍卫快马奔来，传递皇阿玛……不，不是'皇阿玛'，是'皇上'的命令，仍然非杀我们两个不可！这样寡情、这样绝情……他会饶了令妃娘娘和晴儿吗？会放过你的阿玛和额娘吗？我觉得太不安了！"

"我和你一样不安，我们不妨在这儿住几天，就像箫剑说的，最危险的地方，就是最安全的地方！我们先藏在这儿，看看大家是不是都没事，如果确定大家都没事了，我们再开始'浪迹天涯'，好不好？"

紫薇深深地看着尔康，幽幽地说道：

"尔康……你真的选择了我？"

"你这话什么意思？"尔康一愣。

"我已经不是格格了，舅公舅婆把我的身份彻底否决了，我到底是谁，自己都不知道！你真的选择了我？把你的前途、爵位、父母、家庭……一起抛掉，你不会后悔吗？我们一直在患难之中，几度出生入死，会给你一种错觉，好像我是得来不易的！等到有一天，我们过着平凡日子，大家都老了，所有的神话色彩全部消失……那时候，你会不会后悔你的选择？"

尔康把她的手紧紧地一握，有力地说：

"是！我选择了你！不管为你抛弃了多少东西，你值得！我永远不会后悔！当我们老了的时候，你还是我最美丽的'神话'！"

紫薇眼里充泪了，感动至深地看着尔康。

这个时候，宫里已经乱成一团。

"两个丫头被武林高手劫走了？全城老百姓帮忙她们逃走？老人小孩全体出动，追着囚车跑？这是真的，还是一个笑话？"乾隆震惊地问。

监斩官带着侍卫，一排人跪在延禧宫前。监斩官发抖地说：

"启禀皇上，一点也不假！侍卫官兵都亲眼目睹，臣实在不敢说谎！当时一片混乱，所有的老百姓都高叫着'民间格格不可杀，格格千岁千岁千千岁'！情绪激昂，几乎要和侍卫冲突起来。那些武林高手，趁机飞上囚车劫囚，个个势如拼命，锐不可当！臣又怕伤到孩子，又怕伤到老人，又怕伤到无辜的老百姓，顾此失彼，丢了人犯！臣罪该万死！"

乾隆听得匪夷所思，眼睛瞪得好大。站在乾隆身边的令妃在震动中松了一口气，眼睛湿润了。

"她们两个居然有这么大的力量？让全城为她们请命，还有高手为她们拼命？有多少武林高手？"

"好多好多！总有十几二十个！"监斩官立刻夸张地说，"高手中好像还有五阿哥和福大爷！因为他们两个的身手和体形，很多侍卫都认得！但是，臣不敢确定！"

乾隆震惊，勃然大怒。

"永琪和尔康！"就大声一吼，"你们有没有去追捕逃犯？"

"有有有！臣已经下令，全城搜捕！但是，只怕两位格格有高人保护，又有全城老百姓掩护，搜捕十分困难……"

"什么搜捕困难？你们给我一家家去搜也要把他们全体抓回来！这样公然和朕作对，简直成了一群强盗土匪！你去传鄂敏过来，要他赶快派兵，去城外追捕！"

"喳！臣遵旨！"

监斩官狼狈地爬起身子，躬身而退。乾隆又大喊：

"回来！"

"臣在！"监斩官赶紧回来。

"把他们活捉回来，知道吗？朕要亲自审问他们！"

"臣遵旨！"

监斩官带着侍卫匆匆而去。

令妃见监斩官走了，就急忙上前，对乾隆急促地说：

"皇上！她们逃了，就让她们逃吧！何必再苦苦追捕呢？"

乾隆眼睛一瞪，对令妃喝道：

"你这说的是什么话？你口口声声向着那两个丫头！她们欺骗朕，玩弄朕，现在，还发动全城的老百姓来反抗朕！居然有高手劫囚车，把她们救走！朕被这几个孩子弄得声誉扫地，尊严尽失，你还帮着她们说话？"

"皇上啊！"令妃含泪诚挚地说，"那么，你真的希望，现在监斩官捧着紫薇和小燕子的首级，来向你报告说'任务已经完成，两位格格首级在此'吗？"

乾隆脸色骤变，顿时哑口无言。令妃看着他的脸色，再真挚地说：

"皇上！臣妾知道你有多恨、有多气！但是，臣妾也一直知道，在皇上的内心深处，有一份让人感动的热情。今天，臣妾听到两位格格逃走了，确实松了一口气，如释重负。因为，臣妾真是胆战心惊，就怕看到的是两位格格鲜血淋漓的脑袋啊！"

乾隆震撼着，看着她不说话，她就含泪继续说道：

"皇上啊！人在激怒之中，所作所为，不一定是出于本性！人在危急之中的所作所为，也不一定是出于本性！你无心杀格格，却下令杀格格！尔康、永琪无心反抗你，却势必反抗你！"

乾隆有些迷惘起来，令妃的话，字字句句，打进他的内心深处，他不禁自问："是啊！难道朕宁愿看到两个丫头鲜血淋漓的脑袋吗？难道朕真的要她们身首异处吗？"

乾隆正在理不清自己混乱的思绪，太后得到消息，带着皇后和晴儿，急急忙忙地赶来了。令妃赶紧请安：

"老佛爷吉祥！皇后娘娘吉祥！"

太后昂着头，急冲冲地问：

"皇帝，我刚刚听到侍卫们传言纷纷，说小燕子和紫薇被五阿哥和尔康救走了！是不是真的？"

乾隆一叹：

"朕也刚刚得到消息，两个丫头确实被人救走了！是不是永琪和尔康劫走的，还不能肯定！"

晴儿深深地叹了一口气，和令妃交换了一个安慰的注视。

"这还得了？"太后大怒，"居然有老百姓撑腰，这不是反了吗？皇帝的尊严何在？威信何在？这两个丫头，居然鼓动了全城的老百姓造反！皇帝！你可不能让她们逃掉！我觉得，福伦一定知道内幕！不妨先把福伦夫妻两个拿下！"

令妃大震，脸色惨变，急忙往前，痛喊道：

"皇上请明察！福伦夫妻二人和我们一样，什么都不知情！孩子们做的事情，长辈经常都到最后才知道！"

皇后用锐利的眼光看了令妃一眼。

乾隆情绪复杂，有意包庇，烦恼地说：

"皇额娘！这事还是让儿子来处理吧！"

皇后就向前一步，说：

"老佛爷！皇上！臣妾有一件事，不知道是该讲，还是不该讲？"

"你觉得不该讲，就别讲了！"乾隆心烦意躁地说。

"如果事情严重，有什么该讲不该讲？皇后但说无妨！"太后狐疑地看看皇后。

皇后就看了看了晴儿和令妃一眼，清楚地说：

"昨晚臣妾就怕两个丫头捣鬼，曾经到大内监牢走了一趟，谁知，在大内监牢，却碰到了两个人，说是奉皇上和老佛爷的命令，去给两个丫头送行！臣妾当时觉得很奇怪，也不曾追究！但是，今儿一早，听说尔康离奇失踪了！再回想起来，这事实在有些凑巧！"

"什么？"太后大惊，"奉我的命令，给两个丫头送行？

我什么时候有这种命令？居然敢假传太后懿旨？简直可恶！这是谁？快说！"

晴儿看了令妃一眼，知道遮掩不住了，就勇敢地走了出来，在太后和乾隆的面前跪下了：

"老佛爷，皇上！皇后娘娘说的，是我和令妃娘娘！"

"什么？你和令妃？"乾隆喊。

"是！我们昨晚确实去了大内监牢，探望过紫薇和小燕子！"晴儿坦白地说着，哀恳地看看乾隆，再看看太后，"皇上、老佛爷！对不起，我们实在没有办法在两位格格临死之前，不去看她们一下！这些日子以来，老佛爷心里也明白，晴儿对两位格格，已经有了深厚的感情！令妃娘娘更是把她们当亲生女儿一样！她们要死了，我们去给她们戴上簪环，化一点妆，换一身衣服，让她们死的时候，不要太狼狈、太难看！请皇上和老佛爷体恤我们的不忍之心！至于尔康怎么失踪了，我们一点也不知道！"

"晴儿！"太后又惊又怒，简直无法置信，"你居然敢私下去见她们！你好大的胆子！还有令妃！"

令妃一颤，默然不语。晴儿就对太后磕下头去：

"老佛爷，晴儿是做错了！请老佛爷惩罚！晴儿自从看到活泼风趣的两位格格，被判斩首之后，觉得生命无常，祸福难料，已经不在乎自身的安危了！如果皇上不能原谅，就把晴儿关起来，或者斩首吧！但是，令妃娘娘对皇上一片真情，小阿哥还没满周岁，请皇上千万千万不要怪罪令妃！"

乾隆震动着，看了令妃一眼，令妃眼中含泪，不胜凄楚。

晴儿继续说道:

"晴儿斗胆说一句肺腑之言,香妃娘娘已经消失了,当初紫薇和小燕子说她变成蝴蝶飞走,其实是千方百计想顾全皇上的感觉,让皇上的失意减到最低限度!没想到弄巧成拙,让皇上怒上加怒!这件祸事,到今天为止,牵连的人已经够多!俗语说,'扯到鸡毛鸡骨痛,扯到叶子藤儿动'!希望这事不要牵丝攀藤,像滚雪球一样,越滚越大!那么皇上失去的人,就越来越多了!"

乾隆瞪着晴儿,被晴儿这几句话,深深地撞击了。

太后也看着晴儿,一脸的不可思议。

皇后急忙正色问道:

"这么说,难道尔康越狱,永琪逃走,两个丫头被劫,全体都不追究了吗?"

"谁说朕不追究?朕已经下令,全城搜查、出城追捕,势必把他们全体捉回来!但是,无辜的人,不要再牵连了!"乾隆大声说。

"那……谁作为内应,放走尔康和永琪,也不要追究了?"皇后问。

"如果说,昨晚去探监的人,就有放掉尔康的嫌疑,那么……皇后和容嬷嬷,岂不是也有嫌疑了?"晴儿振振有词地说,看着皇后。

皇后怒视晴儿。

乾隆心里,其实已经有数,看看令妃,看看晴儿,确实再也"输不起"这两个人,就一拂袖子,心烦意乱地说道:

"好了！都不要再说了！让朕安静一下行不行？"

众人全部安静了下去。

乾隆心里有数，太后心里也有数。

回到慈宁宫，进了大厅，太后就站定了，回头怒喊：

"晴儿！你给我滚进暗房里去闭门思过！"

"是！"晴儿屈了屈膝，回身就走。

"站住！"太后又色厉内荏地喊。

晴儿站住了。

"你告诉我，你这样千方百计地帮助那两个丫头，到底为了什么？"

晴儿抬眼看着太后，眼神里是一片真挚和坦白：

"老佛爷！因为她们两个，做了我想做而不敢做的事，过了我渴望而没有的生活！她们唤起我心底最深的热情，燃起我蠢蠢欲动的'叛逆'，那种'胆大妄为'和'不顾一切'，正是我心底的呼唤！紫薇，像是那个文学的我，小燕子，像是那个叛逆的我！她们两个，正是我的影子！或者，可以说，我是她们的影子！"

太后听得糊里糊涂：

"我一个字都听不懂！"

"我知道！"晴儿悲哀地说，"在我认识她们两个以前，如果有人告诉我，我会被这样两个姑娘收得心服口服，我自己也会不相信！"

太后怒气冲冲地嚷：

"我看！她们两个根本就是有病！你已经被传染了！"

"是！她们是一种病，这个病的名字叫作'热情'！对生命的热情，对爱情的热情，对朋友的热情，对理想的热情，对生活的热情，对梦想的热情，对诚实的热情……这种热情，确实带着传染力！我被传染了，传染得不可救药，病入膏肓了！"

"你不要跟我卖弄口才，说一些似是而非的话！我听不懂你这种怪话，你胆敢半夜三更假传我的懿旨，放走人犯！你是不是认为我离不开你，不敢惩罚你？不忍心惩罚你？"

"晴儿不敢这么想。只是……让晴儿将功折罪吧！"晴儿低头说。

"怎样将功折罪？"

"让我用我以后的生命，陪伴老佛爷，孝顺老佛爷吧！我将终身不嫁，为老佛爷奉献一生！"

太后一怔，不禁深深地看着她。

"那……你那份'蠢蠢欲动'的热情，要怎么排遣？"

晴儿一愣，眼泪夺眶而出：

"老佛爷……那是一种病，传染之后，有两个可能！要不然就是痊愈，要不然就是病死！我总是逃不掉这两者之一！好……我去暗房闭门思过！"

晴儿就傲然地去了。

太后竟被她的傲然震住了。

第二章

北京永定门外的郊道上，秋风飒飒，沙尘滚滚。

一排犯人，有男有女，有老有少，全部脚镣手铐，戴着木枷，正艰苦地、颠踬地前进。金琐也杂在这一排人犯之中，跟着囚犯们狼狈地走着。

官兵们拿着鞭子，不断地抽在众囚犯身上，穷凶极恶地吆喝着：

"走快一点！这样慢吞吞，走到明年也走不到蒙古！"

囚犯随着鞭子的声音，不断惨叫哀号。

金琐一步一个颠踬，满头的风沙和汗水，哀恳地说：

"官兵大爷！能不能给我一口水喝？"

金琐一说，就有好多囚犯向官兵哀求着：

"水……水……水！请给一口水……"

"水？又要喝水？这些水，还要支持到下一站呢！够不够我们喝都不知道，哪儿还有你们的份？都是你！啰唆什么？"

官兵说着，就一鞭子抽在金琐背上。

"哎哟！痛啊……"金琐哀声喊着。

"痛？痛就走快一点！"官兵又是一鞭。

金琐忍痛前进，看着天空，心里一片凄苦，心想，不知道紫薇和小燕子，是不是已经被砍头了？午时早就过了，说不定她们两个已经升天了，说不定她们正在天上看着她。她对着层云深处，极目四望，却什么都看不到。

走在金琐前面的一个老者，忽然支持不住，倒下了，嘴里呻吟着：

"水……给我一口水……"

"老伯，你怎样？"金琐急忙去扶，抬头看官兵，"请你们做做好事，给他一口水喝，他快晕倒了！"

"晕倒？抽几鞭子，就不会晕倒了！"

官兵的鞭子，就狠狠地对老者抽了过去。

"哎哟……哎哟……哎哟……"老者痛得打滚。

"你们怎么一点同情心都没有呢？"金琐忍不住喊，"难道你们家里没有老人，没有父母吗？为什么要这样残忍？大家不是都是人吗……"

"哈！还轮到你这个犯人来教训我？"官兵就一鞭子抽向金琐。

金琐想躲，没躲掉，脚下一绊，就整个人摔倒了下去。

"这个丫头故意的！起来！起来……"

官兵手中的鞭子，就雨点般落在金琐身上。

"不要这样啊……求求你们，不要打啊……"

金琐痛得满地打滚，脖子上的金链子，就滑了出来。一个官兵眼尖，喊道："这丫头脖子上还戴着金链子呢！"说着，伸手就去扯那条链子。

金琐大惊，急忙抓住链子，哀声大叫：

"不要抢我的链子！这是我家小姐给我的纪念品……这是她戴过的东西，我不能失去它……"

"什么纪念品？现在，它是我们的纪念品了！"官兵一把扯走了链子。

"还给我！求求你还给……"金琐大急，喊着，"那条链子不值钱，是我家小姐给我的呀……还给我……"她爬到官兵面前，还想抢回项链。

"身上藏着金链子，不知道还有没有值钱的首饰？"官兵对着金琐一脚踢去，嚷着，"赶快把身上值钱的首饰都交出来！快！"

"你们饶了我吧！哪儿还有值钱的东西？"金琐哭了。

"不交出来是不是？那……我们可要扒了你的衣服来检查了！"

金琐大惊，勉勉强强地爬了起来：

"不要……不要……"

众官兵贪婪地看着她，个个如同凶神恶煞。金琐恐惧地后退，脚镣手铐一路丁零当啷响着。官兵吼着：

"来！我们扒了她的衣服看看，她身上到底藏着多少好东西？"

众官兵就飞扑而下。

金琐拔腿就跑，惨叫着：

"救命啊……救命啊……救命啊……"

可怜她身上又是木枷，又是脚镣手铐，哪儿跑得动，才跑了两步，就又跌倒在地。她就手脚并用地往前爬。

囚犯们害怕地看着，谁也不敢动。

官兵们扑了过来，就动手开始剥她的衣服。金琐拼命扯住自己的衣襟，死命地挣扎，哀求着：

"各位大爷，饶了我……我真的没有值钱的东西……不要这样，你们杀了我吧……"

"杀你？我们活得不耐烦吗？你是钦犯，我们还丢不起呢……"哗的一声，她的衣袖，被整个扯掉了。

正在十万火急，有辆马车突然急驶而来。其实，这辆马车跟踪这个队伍已经很久了，一路上都有行人，不能下手，这时已到荒郊野外，马车就冲了出来。驾驶座上，正是尔康、柳青和柳红。

"不好！他们正在欺负金琐！停车！"柳红大喊。

尔康和柳青一拉马缰，马车停下。

官兵们听到声音，抬头张望。

柳青、柳红、尔康三人，像是三只大鸟一样，飞扑而至。尔康大吼：

"身为官兵，这样无耻下流！犯人也是人，你们简直是一群野兽！"

尔康声到人到，一脚踢飞了扑在金琐身上的官兵。

柳青看到金琐衣衫不整，气得脸都绿了：

"胆敢这样欺负金琐，我要了你的命！"

柳青扑了过来，拳打脚踢，打飞了其他几个官兵。柳红又打倒了好几个。

"金琐！不要怕，我们来救你了！"柳红边打边喊。

官兵们就大喊大叫起来：

"不好了！有人要劫囚犯！大家上啊！"

官兵们拔出长剑就和三人大打出手。柳青、柳红、尔康都锐不可当，打得虎虎生风，把一个个官兵全部打得飞跌开去，摔的摔，倒的倒。

金琐又惊又喜，从地上爬了起来，不敢相信地看着，声泪俱下了：

"尔康少爷！柳青！柳红……我是不是眼睛花了……"

众官兵哪里是三人的对手，打了一阵，知道打不过，就撒开大步，落荒而逃。三人志在金琐，也不追官兵，尔康奔到金琐身前，喊道：

"金琐！你怎样？"

"链子……链子……"金琐喘息地喊，"小姐给我的金链子……是太太留给小姐的，被他们抢走了……"

"抢了你的金链子？该死的官兵……"

尔康回头一看，看到一个官兵正握着金链子奔逃，尔康就追了过去，一拳打去，打倒了官兵，抢下链子，义愤填膺地说：

"紫薇贴身的东西，岂能让你抢去？"

柳青就奔向金琐，歉然地说："对不起，金琐，我们来晚了，让你吃苦了！"说着，一刀劈断了铁链、木枷。

金琐喜极而泣：

"柳青……我……我……"

金琐脚下一软，就倒了下去，柳青一把扶住，看到她衣衫不整，赶紧脱下自己的上衣把她裹住，抱了起来。柳红急忙喊：

"哥！赶快抱她上马车！"

"救救那些犯人……他们好可怜……"金琐指着那些犯人说。

"好！管他有罪没罪，全体逃命去吧！"尔康豪迈地说，"今天是'劫囚日'！'同是天涯被囚人，相逢何必曾相识'！"

尔康说着，就把犯人们的木枷、铁链，全部砍断。那些犯人真是想也想不到有这种好运，全体跪在地上，给尔康等人磕头，嘴里乱七八糟地喊着：

"英雄！好汉！救命恩人……谢谢！谢谢……"

尔康看着这些犯人，心想，怪不得《水浒传》会成为禁书，这"官逼民反，不得不反"的思想实在不容泛滥，想着，自己那个"御前侍卫"的责任感就开始作祟了，对大家脸色一正，严肃地说：

"大家逃命去吧！以后记住，千万不要再犯法！不要做坏事！如果做了坏事，落到我手，一定不饶！"

"是是是！"囚犯们磕头如捣蒜。

柳青抱着金琐，早就奔向马车。

黄昏时分，尔康、柳青、柳红把金琐救回来了，大家到了老欧的农庄。

柳红扶着金琐走进房门，紫薇就激动地尖叫起来：

"金琐！金琐……"

金琐一看到紫薇，就扑奔上前，和紫薇紧紧地抱在一起。

"小姐啊！"金琐稀里哗啦地哭了，"没想到还能见到你……"

紫薇拍着她的背，自己的泪，也滚滚而下：

"金琐……他们找到你了！我好害怕，怕他们找不到你！"

小燕子冲上前来，叫着：

"金琐！如果找不到你，我们已经做了最坏的准备，预备全体都去蒙古！一路上找你，绝对不让你一个人流落在那儿！"

金琐抬起头来，含泪去握小燕子的手：

"小燕子！又能听到你叽里呱啦地叫，我太幸福了！"

"怎么弄得这样狼狈？赶快进房里去，洗个澡，梳洗一下，换件干净衣服……"含香嚷着。

"香妃娘娘！你也在这里！"金琐惊喊。

"我们这儿没有'娘娘'，没有'格格'，没有'阿哥'，没有'御前侍卫'了！大家都喊名字，不要忘了！"永琪急忙提醒大家。

柳青就关心地喊道：

"你们几个，最好给她检查一下，她身上都是伤！那些官兵简直可恶极了，对她又打又抢又欺负！"

"我要杀了他们！"小燕子怒喊，看着尔康问，"你们有没有帮金琐报仇？有没有？"

"当然有，打得他们落花流水！"

"还好，我那个'跌打损伤膏'，都是随身带着！赶快进去洗洗干净，上药！"

尔康上前一步，递上那条项链：

"紫薇，还有你的项链，我从那些可恶的官兵手里抢下来！你娘留给你的东西，你还是收起来吧！"

紫薇接过项链，含泪看着尔康，眼里盛满了感激：

"尔康，谢谢你！找回了金琐，我的一颗心总算归位了！"

尔康对她深情地微笑着。

几个女子，就陪着金琐进房去梳洗上药了。

"现在，总算所有的人都到齐了！"永琪看到她们进房了，才叹了一口气，说，"以后，到底要怎么办，应该好好地计划一下了！"

"今晚，我要摸黑去一趟帽儿胡同，把大家的行李装备取来！再打听一下宫里的动静！"尔康说，"我很想回学士府去看看我阿玛和额娘！"

"我劝你不要冒险！"萧剑警告地说，"刚刚，你们去找金琐的时候，我进城去察看了一趟，现在，城里已经闹得满城风雨，官兵在挨家挨户找逃犯！如果要去帽儿胡同拿东西，我帮你去，毕竟，没有人认得我！"

"我看，我们还是越早离开北京越好！我们的情况和含香、蒙丹不一样！那些侍卫官兵，认识蒙丹和含香的人不多，可是，认识我们的人就多了！"永琪说。

"就是！所以，我认为我们应该分开，蒙丹和含香还是单独逃亡！我们这些人，是兵分两路，还是都在一起，也要商量一下！"尔康深思着。

"我想，含香是舍不得和你们大家分开的！"蒙丹说。

"尔康说得对！"萧剑正视着蒙丹，"舍不得也要舍得！如果我们大家全体在一起，第一，太引人注意！第二，有一个落网，就全军覆没！我们这样轰轰烈烈，又是变蝴蝶，又是越狱，又是劫囚车……现在还加上劫金琐！如果再被抓回去，集体砍头，那岂不是太不值得了？"

蒙丹脸色一正：

"那么，我和含香还是单独走！但是，我们去哪儿呢？"

"还是那句老话，不要告诉我们你去了哪里。走！就对了！"

"萧剑，你呢？还跟我们在一起吗？"尔康问萧剑。

萧剑一笑：

"我看，我送佛送上西天吧！你们这样一群人，我还真不放心！"

大家正在谈论，忽然，外面传来一阵乒乒乓乓的声音，大家全部紧张起来。

欧嫂突然冲了进来，急促地说：

"快快！大家躲起来！官兵来搜人了！谁去把含香她们叫出来！"

"我去！是不是去晒谷场？"尔康问。

"来不及了！他们已经进了院子，堵在那儿了，你们一出大门就会被捕！赶快，全体跟我来！"

小燕子紫薇她们匆匆从卧室里跑出来，欧嫂就带着大家奔向后门。原来，这个农庄还有个后院，院子里，放着好多坛子，有的是腌菜，有的是酿酒。院子角落里，还有一间破破烂烂的柴房。欧嫂带着这一群男男女女到了柴房外面，打开门，急急地喊：

"赶快！全体躲进去！"

萧剑一看，柴房那么小，哪儿容纳得了这么多人？就当机立断地说：

"我在外面把守！那些官兵不认得我！柳青、柳红，你们两个也不用进去！赶快去拿耙子、锄头……假装在工作！"

"这个地方行吗？门上都是大缝，对里面一看，就看见我们了！"小燕子说。

"没办法挑剔了！赶快进去！尔康，你们几个会武功的人注意了，如果不对劲，就只好出手了！"萧剑说，把大家往屋里推。

"我们知道！"尔康一拉小燕子，"快进来！"

所有的人就忙忙乱乱地挤进柴房，把柴房的门阖上。

萧剑和柳青、柳红赶紧拿着耙子、锄头、斧头等工具，砍柴的砍柴、整理院子的整理院子。欧嫂坐在一大堆酱菜坛子前面腌酱菜。

乒乒乓乓的声音从前面一直传来。老欧的声音不住地响着：

"各位军爷，你们到底在找什么？我是庄稼人，家里没什么东西！"

官兵在七嘴八舌地问：

"有没有看到几个年轻的男男女女？像这张图画里的样子！看看清楚！两个丫头、两个很漂亮的少爷……看到没有？看到没有？"

"没有！没有……喂喂，你们怎么可以随便往人家屋子里闯呢？"

柴房里，一半堆了柴，大家挤得简直无法透气。每个人都紧张得不得了，大气都不敢出。门缝好大，小燕子对外面张望，低声说：

"来了！来了……好多官兵都来了！"

"嘘！你就别说话呀！"永琪赶紧阻止小燕子，也凑在门缝对外张望。

紫薇搂着金琐、含香，好紧张。

尔康、蒙丹两人都握着腰间的武器，蒙丹带了剑，尔康带了九节鞭，蓄势待发。

柴房外，一队官兵气势汹汹地奔进后院，对箫剑、柳青、柳红看来看去。箫剑停止劈柴，镇定地抬头问：

"你们在找什么？"

柳青柳红也停止工作，故作好奇地看着官兵。

官兵拿着小燕子等人的画像，一个个地问：

"你们有没有看到这样几个男男女女？他们是朝廷重犯！如果你们敢把他们藏起来，给我们逮到，通通要砍头！"

欧嫂吓了一跳，赶紧伸头看那张图，敬畏地指着图问：

"他们是强盗还是土匪？做了什么案子？如果看到了，有没有赏金什么的？"

官兵神气地一抬头：

"问你们看到没有？谁要跟你们说故事？"

欧嫂就扬着声音问：

"小柱子的爹，你有没有看到这些人呀？"

"哪儿看过？我有那个命吗？"老欧没好气地说，"整天在田里看泥鳅看田埂看我自己的脚丫子！"

官兵东张西望，发现那间柴房了。

"这是什么房间，打开门给我们瞧瞧！"一个官兵说。

箫剑的手握紧了斧头，全神贯注。柳青柳红握紧了耙子锄头，也是全神贯注。

柴房里，大家紧张地彼此互视。小燕子摩拳擦掌。尔康、永琪、蒙丹全部备战。紫薇一手搂着含香，一手搂着金琐。老欧走到柴房门口：

"那是我家的茅房！可躲不了人，你们不嫌臭，我就打开给你们看！"

这时，欧嫂拿起一个酒坛，突然发出惊叫：

"哎呀！不好，这酒坛裂了一条缝，酿了一年的葡萄酒，别都给漏了，得换个坛子！"

说着，就啵的一声，打开了酒坛，顿时间，酒香四溢。众官兵精神一振，忍不住回头看。欧嫂拿着碗，倒了酒，自顾自地尝着、喊着："孩子的爹！这酒有点味儿了！快来尝尝……"一回头，看到官兵，就笑嘻嘻说道："军爷，要不要尝一尝？是我们自己酿的！今天天气有点凉，喝点酒可以暖暖身子！"

官兵吸着气：

"呵！这酒可香了！来！咱们也尝尝！"

欧嫂就好脾气地笑着，拿了几个碗来，嘴里"闲话家常"：

"在衙门当差，好玩不好玩呀？"

"有什么好玩，整天累死了！一家家找人犯，连影子都没有！"

官兵们一面说着，一面就喝起酒来。大家喝了酒，就忘记要看柴房了。对欧嫂也笑嘻嘻的，没有敌意了：

"好酒！好酒！再来一点！"

欧嫂倒酒，官兵们咂嘴咂舌，喝得不亦乐乎。

柴房内，小燕子等人紧张地等待着，小燕子看到那些官兵喝酒聊天，气得不得了，心想，糟蹋了一坛好酒！

官兵们终于放下碗，抹着嘴角，彼此招呼：

"大家走啰！还要干活呢！大婶，打扰了！"

"没关系！没关系！再来玩！乡下地方，难得看到这么多人！"欧嫂笑着。

官兵纷纷往外走，眼看危机快过去了，就在这个紧张时刻，小燕子鼻子里一痒，一个忍不住，阿嚏一声，忽然打了一个大喷嚏。

永琪大惊，急忙把她的嘴捂住，已经来不及了。

官兵们立即站住，回头看柴房：

"什么声音？有人在里面？"

萧剑、柳青、柳红全部变色。欧嫂机灵地一看，对柴房喊："小柱子，你还要蹲多久呀？进去大半天了，你到底在干什么？"对官兵笑笑说："我儿子！不知道是闹肚子呢，还是偷懒！每次要他干活，他就蹲茅房！"

柴房里，大家你看我，我看你，觉得需要呼应一下欧嫂，但不知道由谁发言好。小燕子就捏着喉咙，装成孩子的腔调，说话了。

"娘……"她拉长了声音，紧张中，竟然说了一句，"我忘了带草纸！"

大家一听，这是什么话？每个人都瞪着小燕子，恨不得把她掐死。

柴房外，大家也全部傻眼。难道小燕子要欧嫂开门送草纸不成？欧嫂不能不答话，笑得好尴尬，哼哼啊啊地说：

"忘了带草纸啊？你真笨……越大越笨了……嘿嘿……笨……笨……"

官兵倒没有怀疑，诧异地说：

"你还不给他送草纸进去？"

"是……是……草纸……我给他送草纸……"欧嫂傻笑着，吞吞吐吐。

柴房内，小燕子的眼睛瞪得好大，众人个个跟她伸拳头抹脖子，小燕子知道说错了话，急于更正，又捏着嗓子喊：

"娘……草纸找到了！"

欧嫂简直没办法接招，狼狈地说：

"哦……哦……找到了？有了吗？"

"有了有了……狗狗叼着呢！"小燕子说，说完，觉得不大对，赶紧学了两声狗叫，"汪汪！汪汪……"

大家目瞪口呆，个个都快要晕倒。

永琪一把捂着她的嘴，不许她说话了。

奇怪的是，那些官兵们居然没有疑心，大家笑了笑，彼此吆喝着走了。

官兵们一走，小燕子和众人冲出了柴房。

大家聚在一起，立即七嘴八舌地嚷了起来。尔康就对小燕子喊道：

"你真伟大啊！什么话不好说，说那么一句莫名其妙的话！'忘了带草纸'！你是不是就怕他们发现不了我们，还要人给你送草纸进来！"

"最奇怪的是，说有狗狗叼着草纸！怎么想出来的？"柳青问。

"最最奇怪的是，还去学狗叫，狗一叫，草纸不是又掉了？"柳红说。

"如果我不马上蒙住她的嘴，她说不定还会学猫和狗打架！"永琪说。

紫薇、金琐、含香揉着肚子。

"小燕子，我真的快要被你憋死了！"紫薇笑着说，"难得，刚刚逃过砍头，又被官兵追捕，还有这么刺激好笑的事！"

金琐笑得直不起腰来：

"我浑身都痛，紧张得要命，还要憋着笑，憋得肚子也痛了！"

小燕子睁大眼睛，一脸无辜相，振振有词地说：

"上茅房会发生的状况，我只想到一个是忘了带草纸……我总不能说，我是掉进茅坑了吧！我才说一句，你们个个跟我瞪眼睛抹脖子，才把我弄得心慌起来……那个狗狗叼东西，是很平常的事，为什么它不能叼草纸呢？"

"以后，你就别说话，也不许打喷嚏！"永琪说。

"打喷嚏都不许我打？"小燕子瞪着永琪，"你比皇阿玛还凶……"提到皇阿玛，她猛然咽住了。

"你们这个'皇阿玛'三个字，一定要改掉！"蒙丹赶紧提醒。

"就是！要不然，只要一谈话，就露了行迹！"含香说。

紫薇一叹：

"这三个字，对我们已经那么熟悉，张口闭口，早就成了习惯，没有想到，今天要面对的，是把他从记忆里抹掉！"

"我建议我们提他的时候，找一个词来代替！"尔康说。

"他动不动就要砍人脑袋，我们给他取个绰号，叫他'砍头帮帮主'！"小燕子眼珠一转，气呼呼地说。

永琪皱了皱眉头，到底提到的是他的"父皇"，怎能如此不敬？说：

"这多难听！他好歹是我爹！"

"你看，你还是忘不掉他是你爹！以后，我们必须把这一点也忘掉！"小燕子对永琪嚷嚷着。

"不要为难永琪了，人生，就有许多事，是你无法忘掉的!"紫薇插了进来,说的也是自己的心态,"尤其是自己的爹,他可以对我们不好,我们不可以对他不敬!"就想了想说:"这样吧!皇帝是龙,但是,他这样对我们,他是一条睡着的龙,以后,我们就喊他'卧龙帮帮主'吧!至于皇宫,因为又称'紫禁城',我们就说'紫城'!"

"卧龙帮帮主?真好听!紫薇,他要砍你的头,你心里还是对他好!"小燕子看着紫薇,"我就不行,我太不服气了!他要砍我的头,我才不让他当'帮主'!你说他是睡着的龙,我勉勉强强,就喊他'瞌睡龙'好了!那个'紫城'怪怪的,我说不顺口!我想,皇宫里面住着一大堆大囚犯、小囚犯、男囚犯、女囚犯!我看,干脆就喊它'囚犯城'好了!"

"那不成!"尔康说,"如果我们谈起皇宫,来个'囚犯城'……太别扭了!总不能说,记得我们在囚犯城的时候怎样怎样,给人听到,还以为我们全是逃犯呢!"

小燕子瞪大眼睛:

"我们本来就全是'逃犯'啊!难道你还以为我们是王子、公主吗?"

"这样吧!我们把那个皇宫,称为'回忆城'吧!那是我们大家的'回忆'了!"紫薇接口。

"这个好!'回忆城',蛮美的!"萧剑说,"从前,有一个回忆城,城里,住着一个瞌睡龙……哈哈!很有意思!"

"好了好了!什么帮主、什么城、什么龙都可以!大家进房吧!现在要研究的,是怎么走。我看,这个北京城城里城外,都不安全!早走一天是一天,不要再连累了老欧和欧嫂！"柳青提醒大家。

"我们才不怕连累，就是再来一个'忘了带草纸'，我就不会接招啦！"欧嫂笑着说，对这个"忘了带草纸"真是印象深刻。

再度逃过危机，大家心情良好，全部大笑起来。小燕子嘻嘻哈哈地说：

"你们不要笑我了，我看，如果没有我，你们大家就少掉很多快乐了！"

永琪由衷地喊：

"这句话倒是真的！你是'弥足珍贵'的！"

永琪一用成语，小燕子又听不懂了，诧异地嚷：

"什么东西'真贵'啊？那个什么猪真贵，咱们就不吃猪！吃'鱼有浓烟'！总之是'山不转人转，树不转水转'……"

"是'山不转路转，石不转磨转'！"紫薇笑着更正。

"差不多！差不多，就那么一回事嘛！"小燕子嚷。

众人又哄堂大笑了。

第
三
章

大家回到房里，就开始讨论今后的计划和去向。看到连老欧的农庄都有官兵来搜查，大家心里都明白，除了"逃亡"，再也没有第二条路了。

"老欧这个农庄，刚刚被官兵检查过关了，就不会再有第二批官兵过来，所以，目前，这儿是安全的！"尔康说，"我们正好利用这两天，观望一下，也打听一下宫里的消息！如果阿玛、额娘、令妃娘娘、晴儿都没事，我们三天以后，就动身南下！"

小燕子很兴奋，不住口地追问：

"我们去哪里？去杭州好不好？听说那儿的风景美极了，好玩得不得了！连皇……不是，连'瞌睡龙'都很喜欢去！"

"你以为我们是去郊游还是旅行呀？我们是逃命啊！那些著名的城市，我们都不能够去！皇……龙找我们，也很可能从这些有名的城市下手！"永琪说。

"黄龙是谁？是派来找我们的大官吗？"小燕子睁大眼睛问。

"我没有办法像你那样没规矩，我不能称呼我爹是'瞌睡龙'，勉勉强强，我喊他'皇龙'吧！"

"好了！我们不要把话扯远！我和箫剑，已经决定了路线！我们去大理！那条给蒙丹的路线，仍然是最理想的一条路！那个'卧龙帮帮主'一定不会猜到我们跑到那么遥远和偏远的地方去！沿路有山有水，要藏身都很容易！"尔康认真地说。

箫剑就诚挚地接口：

"而且，那儿是我生长的地方，还有我的义父在那儿，我们不会变成举目无亲！生活也会比较容易！只是，这条路非常漫长，大家一定要有吃苦耐劳的精神！"

"这个你放心！在进宫以前，我和柳青、柳红，什么苦都吃过，也没饿死！"小燕子说。

箫剑仔细看小燕子，关心地问：

"你吃过很多苦吗？"

"可不是！有一顿没一顿的日子多着呢！冬天，连棉被都没有，冻得耳朵都快掉了！小时候，去偷柴火，被人打得半死！十岁的时候，被人卖到一个人家当丫头，那个主人好凶，每天要我做苦工，幸亏我会逃……"

"你被谁卖了？你还有家人？"箫剑听得出神，眼光深深地看着小燕子。

"不知道被谁卖了。大概是个坏蛋，捡了我去卖！要不然就是骗了我去卖！反正被卖了就对了！”

“怎么你以前都没说过？”永琪也听得出神。

“没人问过我啊！那么多事，哪里说得清楚？”

尔康咳了一声：

“好了，小燕子的故事，慢慢再说！我们现在要决定的，是兵分几路，我的意思是，蒙丹和含香一路，剩下我们八个，要怎样分组？”

“大家一路不好吗？为什么要分开呢？”含香不舍地问。

“不行！蒙丹和含香，一定要单独走！”箫剑看着蒙丹和含香，“现在，被小燕子他们一闹，弄得官兵挨家挨户搜查，北京已经不安全了！含香的身份特殊，万一被捉回去，又是羊入虎口！”

“就是！你们把握住好不容易得来的自由，赶快走吧！中国那么大，哪儿都可以容身！千万不要再被我们这一大群人拖累了！”紫薇跟着说。

“好！我们就听你们大家的话！”蒙丹决定了，“我们的行装，是已经准备好了的！过两天，我们就先上路！如果你们去大理，预备怎么走？”

“我们八个，可以分成两组……”尔康看着大家。

“这一定有困难！”金琐立即反对，“我和小姐不能分开，小燕子和五阿哥不能分开，尔康少爷和小姐不能分开，柳青柳红兄妹最好不要分开，小燕子和小姐又分不开……”

金琐话没说完，紫薇就拼命点头，说：

“金琐说得对！我们八个，最好不要再分开了！大家就是为了要在一起，才闯下那么多祸，如果还是四分五裂，怎么算是一个'家庭'呢？我们就'有福同享，有难同当'吧！何况，'单丝不成线，单木不成排'！团聚有团聚的力量！"

紫薇这样一说，小燕子就嚷着：

"就是！就是！紫薇说得对极了！我们不要再分开了，如果被抓到了！也是'有头一起砍，有血一起流'！"

小燕子说得豪迈，紫薇说得感性，大家都心有戚戚焉。

"既然紫薇和小燕子都这么说，我们就不要分开了吧？"柳青看着尔康。

其实，尔康心里，也是一百万个不愿意分开，只是理智地分析，似乎分开比较安全。现在，听到几个姑娘这样情深义重，就下了决心：

"好！我'从善如流'！就这么决定了，三天以后动身，我们这么多人，只好化装成一家兄弟妯娌，从北边搬家到南边的大家族！既然是大家族，衣着最好不要太寒酸。我们走嵩山南阳这条路，经过三峡去云南。蒙丹，如果你们也去云南，最好走洛阳均县金沙江那条路，我们以一年为期，看看能不能'殊途同归'！在大理见面！"

小燕子听到可以不分开了，就跳起身子欢呼道：

"好！就让'虫子'和'鳝鱼'一起'溜'，'兔子'和'乌龟'一起跑！大家在大理见面！"

"虫子鳝鱼？兔子乌龟？这是什么哑谜吗？"萧剑纳闷地问。

"'从善如流'和'殊途同归'！"紫薇笑了，"小燕子碰到成语，通通跟'动物'有关系！你对于她的语言，还没习惯，久而久之，就见怪不怪了！"

众人大笑。柳红看着蒙丹：

"蒙丹，你们还是化装成卖香料的！我们先送你们上路，我们再出发！"

含香立刻充满离愁别绪了，黯然地看着大家。小燕子就走上前去，一手拉住蒙丹、一手拉住含香，诚恳地说：

"师父、师母！你们两个要先走，徒弟没有什么东西可以送你们。我想，明天，给你们办个婚事！在这农庄里，我们大家的祝福下，你们成亲了吧！"

众人一听，就疯狂地鼓起掌来。尔康由衷地说：

"小燕子这个提议太好了！在经过'砍头'这样悲壮的事情之后，在必须面对离别的场面之前，有个小而隆重的婚礼，正好调适一下我们大家的情绪！"

"可是，只能凤冠霞帔一下，花轿也免了！我知道回人结婚，一定要有阿訇在！我们这儿没有阿訇，你们就入乡随俗吧！"紫薇说。

蒙丹和含香互视，两人的眼眶都湿润了。

那一夜，含香和蒙丹就在小燕子等人的簇拥下成亲了。在农庄的院子里拜了天地，在农庄的厅房里拜了堂。双方都没有父母参加，一对新人一定要对永琪、尔康等人行大礼，众人拦也拦不住、拉也拉不住，只好由他们了。婚礼虽然简单，倒也别开生面，喜烛鞭炮，样样俱全。小燕子、紫薇、尔康、永琪、箫剑、柳青都穿着简单的红衣，组成了一支小小的乐队，箫剑吹箫，小燕子打鼓，尔康敲锣，永琪吹唢呐，紫薇弹月琴，居然演奏得有声有色。金琐和柳红，就扶着含香，在鞭炮声、喜乐声中，和蒙丹行礼如仪。老欧夫妇，是唯一的嘉宾。

洞房就是农庄的卧房，帐子上，贴着"囍"字，房间里也是红烛高烧，整个房间贴满"囍"字，喜气洋洋。新郎新娘就被大家欢天喜地地送进了新房。

蒙丹挑起含香的红巾。新娘装的含香，另有一番风情，美若天仙，含羞带怯。

众人立刻掌声雷动。

"哇！我太感动了，这一条路，他们走得好辛苦！"紫薇惊叹着。

"虽然辛苦，总算有了今天！他们远从新疆走到这里，用了多少血泪，才营造了这个婚礼！蒙丹终于等到他的新娘了！"永琪感慨地说。

"好美的新娘、好美的婚礼，我都快要哭了！"小燕子激动得不得了。

金琐端上喜盘，上面放着喜酒。

"请新郎新娘喝交杯酒！从此长长久久！"

含香羞答答，蒙丹喜洋洋，两人喝了交杯酒。

大家疯狂地鼓掌。小燕子就冲上前去，说：

"恭喜恭喜！师父师母！请受徒儿一拜！"

小燕子说着，就跪了下去。蒙丹一把就把她拎了起来，感动地说：

"你这个徒儿，把我们两个一路送进洞房，为了我们，你几乎丢了性命，带着所有的人，冒险犯难！我们心里的感激，已经不是言语可以形容！哪里还能让你拜我们？谢了，小燕子！谢了，众家兄弟姐妹！"

蒙丹回身，对众人抱拳以礼，感动至深。

含香戴着凤冠，起立，站在蒙丹身边，向大家行礼，眼泪夺眶而出，哽咽地说：

"我还能说什么？这么多这么多的事，哪里是一个'谢'字可以表达！"

紫薇急忙上前，为含香拭泪：

"今天晚上，不可以掉眼泪！要讨个吉利！"

大家就全部上前，齐声说：

"恭喜恭喜，甜甜蜜蜜！长长久久，永不分离！"

蒙丹和含香感动得一塌糊涂。尔康就体贴地说：

"闲杂人等，一概退出洞房！"

大家嘻嘻哈哈的，全部退出洞房。

含香和蒙丹对视，恍如隔世，简直不能相信彼此已成夫妻。终于，两人紧紧地、紧紧地拥抱在一起了。

婚礼的第二天，大家就在旷野里送走了含香和蒙丹。

含香和蒙丹的马车是简单而朴素的，车里，载满了香料。含香一身清装，和她的回族装束完全不同，依然娇美。大家站在旷野里，秋风起兮，草木萧萧。含香上车前，握着紫薇、小燕子的手，依依不舍，几经催促，都不肯上车。最后，还是尔康命令地说：

"好了，送君千里，终须一别！大家就在这儿分手吧！"

小燕子、紫薇、金琐、柳红一听，纷纷抱着含香不放。

"含香，真舍不得你！保重！保重啊！"紫薇喊。

"你们也是！要小心大家的脑袋啊！小燕子，你最粗心大意了，以后要谨慎一点！紫薇，要注意身体！金琐、柳红，保护她们两个！"

"上车吧！"蒙丹拉着含香，含香一步一回头，终于上了车。

"师父，你要照顾师母！"小燕子追着马车喊，"你还欠我好多武功，到大理之后，你再还给我！你们一定要去大理啊！我们什么兔什么龟，一言为定！"

永琪拍拍小燕子的肩。

"不要依依不舍了！我们这样一大群人站在这儿话别，也是很危险的！让蒙丹和含香走吧！我们也要赶快回农庄里去！"就对蒙丹和含香一抱拳，"后会有期！"

"暂时再见了！大家珍重！后会有期！"

蒙丹喊着，一拉马缰，马车绝尘而去了。

含香把头从车窗伸出来，疯狂地和大家挥着帕子：

"再见……再见……再见……"

众人站在旷野里，看着那辆马车，越跑越远，越跑越小，终于消失在地平线上。

紫薇眼里含着泪，微笑地说道：

"含香的故事，应该告一段落了！"

尔康深深地看着她：

"我们也该去创造新的故事了!"

小燕子充满了离愁别绪,勉强地笑着,眼角滑下一滴泪。她挥去眼泪,极力要挥去悲伤,就跳跳蹦蹦起来:

"我才不会为了分别掉眼泪,反正过不了多久,大家还会见面!我不要伤心,我要去做一点事,那边有个水塘,我去捞几条活鱼,给欧嫂做午餐!"

小燕子说完,就甩开大步,飞奔而去。永琪急喊:"小燕子……小燕子……你一个人去哪里?等等我!"急忙追着小燕子而去。

柳青看着二人的背影,不放心地说:

"他们这样跑开,行吗?会不会碰到官兵呀?"

"要不要我去保护他们?"柳红问。

"不用了!这附近,官兵都搜查过了!今天不会再来第二遍的!让她去散散心也好!"萧剑说。

大家就掉转身子,带着几分安慰,几分离愁,往农庄走去。

小燕子一口气跑进了一个柿子林。永琪追在后面,东张西望地问:

"水塘在哪里?你别乱跑,等会儿迷了路,这个乡下地方,我们两个都不熟!"

"穿过这个树林就是!你跟我走就没错,我认路本领是一流的!怎么会迷路呢?你不要老是怕这个怕那个!"

小燕子说着,忽然发现置身在一个柿子林里,看到一棵棵的柿子树,都结着累累的果实,小燕子就兴奋起来,惊喜地大喊：

"哇！又红又大的柿子！摘回去给大家吃！"

"这样不好！这好像是个果园，大概是有主人的！"永琪慌忙阻止。

小燕子四面张望：

"哪儿有主人？一个人也没看见！没关系啦！我上去摘柿子，你在下面待着！等会儿如果主人来了，你付钱就是了！来来来！把你的外衣脱下来，我要包柿子！"

永琪放声大喊：

"喂喂！主人在哪儿？喂喂！有没有人？我们要买柿子！"

四周静悄悄，一个人也没有。小燕子不耐烦地嚷：

"你真啰唆！以后，我们要一起跑江湖，都像你这样'君子'，大家什么都吃不到！我告诉你一个生存法则，有人的地方给钱，没人的地方，嘿嘿！就算了，小小的'偷'，不算'偷'！何况，看样子，这是一个野生的柿子林！"

小燕子说着，一跳，就上了树，飞快地摘了几个柿子，对永琪喊：

"把你的衣服脱下来，铺在地上包柿子，我把柿子扔下来了！你帮我捡！"

小燕子就把柿子一个个丢了下来。永琪看她兴致那么高，不忍阻止，只得脱下那件农装的蓝布上衣，做成包袱，忙着到处捡柿子。小燕子越摘越高兴，越丢越多。

"够了够了！你把人家一棵树上的柿子都摘光了！剩一点给别人嘛！"永琪喊。

"干吗？我们有十个人耶！一个人吃两个，也要二十个才够！反正没主的柿子，谁见到就是谁的……"

小燕子把柿子噼里啪啦往下丢，永琪忙着捡。

忽然之间，一声大吼传来，一个孔武有力的农夫跑了出来，大叫："小偷！贼！原来偷我们果园的是你们两个！"就扬声大喊："大牛！二牛！快来帮忙抓小偷！"

农夫这一喊，也不知道是从哪儿，就跑出好多大汉，个个手拿扁担，气势汹汹地奔了过来，嘴里大喊大叫：

"打！打！捉起来打……小偷！贼！打……"

"不要误会！不要误会！"永琪急忙喊，"我们是来买柿子的，不是贼！因为喊了半天，没有见到人，这才自己去摘！你们看看，多少钱？我付就是了！"

那些农夫奔到树下，看到一地的柿子，气愤地大吼：

"爬到树上，把整棵树都给摘光了，还说不是小偷！打……打……打……"

农夫们举起扁担，就要打永琪。小燕子从树上一跃而下，大喊：

"我们是小偷？你们才是土匪呢！说了给钱就是了，你们算算多少钱？我们照付！你们凶什么？再凶，我把你们全体送给官兵去！这几天，官兵在这儿搜查逃犯，大概就是你们几个！"

那些农夫给小燕子一吼，呆了，七嘴八舌地问：

"什么？逃犯？我们是逃犯？"

"就是！我看你们就是逃犯！说！是从哪个监牢逃出

来的？"

永琪急忙拉住她，对农夫赔笑说：

"我们付钱！我们买这些柿子……你赶快算一下，要多少钱？"

农夫开始数柿子：

"好了！好了！算我们倒霉！一共五吊钱！"

"五吊钱？"小燕子掀眉瞪眼，"你们是强盗啊？这些柿子顶多只要一吊钱！再说，这树上又没有刻名字，谁知道是不是你们的？"

农夫们一听，抢起扁担就吼：

"打……打……打……不要跟她啰唆……打……"

永琪急于息事宁人，急忙说：

"五吊钱，就五吊钱，不要吵了！"

他伸手去摸钱袋，一摸之下，傻了，原来换了衣服，忘了带钱袋：

"糟糕！没有带钱袋！小燕子，你身上有钱吗？"

小燕子一听，情况不妙，抓起地上的那袋柿子，拔腿就跑，嘴里大喊：

"永琪！跑呀！"

小燕子一跑，永琪只好跟着就跑。农夫们大怒，纷纷大喊：

"贼！小偷！混蛋！抓贼啊……抓贼啊……"

永琪站住，还想讲理：

"各位不要激动，我家就在那边，我回去拿钱给你们……

或者，哪一位跟我回去拿钱！我一定付……"

永琪话没说完，忽然听到一阵狗叫，再一看，几只凶恶的大狗正狂奔而来。

"狗儿！去咬他们！去追他们……"农夫们吆喝着。

一群大狗就凶恶地、狂吠着冲了过来。

小燕子回头一看，糟了！打架还不怕，大狗可斗不过！就大喊：

"永琪！逃呀！不要跟他们讲理了……跑呀……"

永琪见到那些狗穷凶极恶地冲来，不跑不行了，拉着小燕子，就往前狂奔。凶狗紧紧地追着。小燕子还抱着一大包柿子，这一跑，柿子一个个掉落地，她又舍不得柿子，挣脱永琪，还要去捡柿子。

"算了！那些柿子不要了！"

"不行！不行！"

小燕子抱着柿子跑，听到狗叫越来越近，她狼狈地回头看，没有看到前面有个大斜坡，脚下一个踩空，身子就骨碌骨碌往下滚去。永琪惊喊："小燕子！"急忙施展轻功，飞扑过去救小燕子。

谁知，斜坡下面，是个水塘，永琪伸手一捞没捞到，小燕子就尖叫着滚进了水里：

"救命啊……"

只见水花飞溅。

小燕子落了水，紫薇、尔康他们也险象环生。

原来，大家从旷野回到老欧的农庄，才跨进院子，就听到欧嫂在很大声地说：

"各位军爷，多喝一点，没关系！没关系……"

大家抬头一看，不禁大惊。原来，前天来过的那几个官兵，居然又来了。欧嫂正着急地对外张望，一面倒酒招待着那些官兵。大家一怔，已经来不及躲藏。

欧嫂看到众人，机警地笑着喊：

"你们回来啦？赶快帮忙干活，这谷子再不翻一翻，就要返潮了！今年收成已经不好，大家麻利一点，那么多张口要吃饭哪！"

尔康反应最快，立刻飞快地答道："是！是！我们这就来了！"就推推紫薇和金琐："我把金妞、银妞带来帮忙，给翠妞做点针线活！"

"哦！哦！那真好！"欧嫂应着，就看着那些官兵，指指柳红说道，"翠妞是我家小姑，再过几天就要成亲了！陪嫁衣裳到现在也没做好！"

官兵好奇地打量着紫薇和金琐：

"你家人口挺多啊？听说昨晚也有吹吹打打，办喜事啊？这么多喜事？"

"昨晚不是办喜事，只是练习一下吹吹打打！穷人家办喜事，还不是穷凑合！"萧剑接口说，一面猛对柳红使眼色，"翠妞，你还不带金妞、银妞进房去！"

"是！"柳红拉着紫薇和金琐，"走吧，我们进去干活！"

紫薇、金琐、柳红就紧张地、急急地进房去。

尔康、萧剑、柳青就急忙拿起耙子，开始耙谷子。

欧嫂热心地给官兵们倒着酒，眼神还紧张地瞄向院子外面，奇怪着小燕子和永琪怎么不见回来，心里快要急死了，尤其，那个小燕子长得浓眉大眼，和画像上一模一样，万一猛然出现，说不定会被认出来。她的怪招又特别多，只怕自己接招接不住。

尔康、萧剑、柳青也不住地往外看，大家都牵挂着小燕子和永琪，人人紧张。

柳青就忍不住问：

"军爷，你们那个'逃犯'还没抓到吗？"

官兵非常享受地喝着酒，慢吞吞地说：

"哪有这么容易？每天都叫我们搜查！老百姓家家叫苦，咱们负责城郊还好，可以走动走动……大婶，你这酒酿得真好！天冷，喝点酒全身都热乎乎了！再添一点吧……"

"是！"欧嫂忙不迭地倒酒。

紫薇、金琐、柳红在房间里，也急得像热锅上的蚂蚁，趴在窗子上对外看，三个人又急又慌。紫薇低低说：

"怎么办？小燕子和永琪还没回来，万一闯了进来，大家不是面对面了吗？"

"别慌别慌！刚刚我们也面对面了，那些官兵也没认出来！画像和真人还是有段距离。何况，我们现在这身打扮，跟那些画像，已经差了十万八千里！"金琐说。

"这些官兵在磨蹭些什么？慢吞吞一直不走？"柳红急得要命，为小燕子和永琪捏把冷汗。

"看情形，都给欧嫂的酒喂坏了！存心来讨酒喝！"紫薇说。

金琐小声惊喊:

"回来了……小燕子回来了……"

三个人急忙凑到窗户缝去看。

小燕子确实回来了,她一身的水,头发凌乱,身上挂着水草,说有多狼狈,就有多狼狈地直冲进来,嘴里大叫大嚷着:

"柳青……柳红……赶快拿家伙,有一群土匪,放了狗来咬我……"

欧嫂忙着咳嗽,尔康、柳青、箫剑咳的咳、嚷的嚷。柳青想遮掉小燕子的声音,喊得惊天动地:

"这谷子怎么翻不动?我来好好地翻一翻……"

柳青不只喊得惊天动地,动作也夸张得离谱,把谷子扬了起来,扬得官兵一头一脸。官兵急忙跳开:

"哎哎!别弄脏了好酒!"

小燕子一看官兵在,赶紧刹住了车,睁大眼睛惊愕地看着。永琪随后冲进院子,顿时傻了,急忙低下头去。尔康急中生智,一个箭步跑了过去,抓住小燕子喊:

"傻妞!你又闯祸了?"

欧嫂立即顺着尔康的话,对官兵不好意思地笑着说:"我家傻妞……"对自己的脑袋比划着:"脑子有点问题,小时候生病发烧,把脑袋烧坏了……"

小燕子眼珠子一转,明白了,就往地上一坐,双手拍打着地,拉扯着自己的头发,指着永琪,对欧嫂哭喊道:"娘!爹……隔壁小虎子欺负我,抢了我的柿子,大柿子……这么这么大……"用手比划着:"还放狗狗咬我……哇! 哇哇……"

永琪当了一辈子的阿哥,哪儿演过这样的戏码? 根本不知道自己就是"小虎子",完全不会接招,狼狈地低头说道:

"大婶! 这个傻妞……我给你送回来了,我还要去干活……我走了……"埋着头就往外走,心想,自己是阿哥,很多人认识,三十六计,躲为上策!

谁知道,小燕子直跳起来,伸手把永琪一把拉住,哭闹着:"不许走! 你还我柿子来! 还我……还我……"就对永琪拳打脚踢起来。

"哎哎! 这个……这个……那个……那个……"永琪不会演戏,又怕官兵看出自己来,低着头遮遮掩掩,手忙脚乱。

小燕子却越演越有劲:"什么这个那个……我打你! 打你……这个也打! 那个也打! 你欺负我……还我柿子……"扭着永琪不放。

众人心惊胆战,个个瞪着小燕子,又恨不得把她掐死。

萧剑急忙冲上前去,一把扣住小燕子的手腕,对永琪赔笑说道:

"对不起! 对不起! 我家傻妞……你知道的,就是这样子! 你快去干活吧!"

永琪低头就走,谁知,那些官兵已经越看越奇,一个官兵喊道:"站住! 给我们瞧瞧!"就去翻画像,要比对比对。

小燕子一看,情况不妙,扑上前去,把那个官兵撞翻在地。她就劈手夺过画像,大叫:

"我的柿子！原来你抢了我的柿子……"

官兵莫名其妙地问：

"什么柿子？这哪儿是柿子……"

小燕子急切中，老方法又来了，把那张图塞进嘴里，又嚼又咽。

众官兵急忙去抢：

"哎哎哎！你怎么把我们的画像给吃了？"

官兵们抢的抢，夺的夺，哪儿还抢得回来。大家嚷着叫着，乱成一团。

永琪乘机溜了。

"傻妞！"欧嫂尖叫，"你怎么什么东西都吃？赶明儿吃到有毒的东西，毒死你！"

尔康就揪着小燕子的衣领，嚷道：

"跟人家道歉！说对不起！上次小虎子一本《三字经》也给你吃了！这个看到纸头就吃的毛病，怎么改不好呢？"

"就是！就是！等到军爷走了，我好好地教训你！"箫剑跟着骂。

小燕子转着眼珠，傻笑：

"《三字经》，我会背《三字经》！"就背了起来："人之初，性本善，性相近，习相远……狗不叫，猫不跳，鸡不飞，猪不闹……爹不疼，娘不要……"

尔康听到小燕子背得奇奇怪怪，头有斗大，赶紧对箫剑使了一个眼色：

"咱们把她拖进去关起来！不关不行，一天到晚闯祸！"

尔康和箫剑，就挟持着小燕子进房去了。

欧嫂连忙对官兵们打躬作揖：

"对不起！对不起……我家傻妞就是这样，看到什么东西，都当成好吃的……来！多喝一杯，算是我跟各位赔不是了！"

官兵们虽然疑惑，但是，那个小燕子满头的水草，一身的湿衣服，满脸的污泥，疯疯癫癫的，实在不像什么格格。大家也就不疑有诈，依旧喝起酒来。

室内，大家双双对小燕子抹脖子、瞪眼睛，比手画脚。

"我演得这么好，你们还不满意？"小燕子不服气地嚷。

紫薇急忙伸手，捂住她的嘴。

院子里，官兵们终于喝够了，大家吆喝着出门去。

"走吧！走吧！画像丢了，还得再去补充一份！"官兵看欧嫂，"大婶！你家人口真复杂啊？到底有几口人？"

"十多口！累啊！以为多子多孙多福气，怎么知道养起来难啊！"欧嫂摇头叹气。

官兵们一走，永琪就从门外闪身而入。

大家进了房间，就开始你一句、我一句地数落小燕子。

"你们真是奇怪，我演得那么好，简直就是一个'傻妞'，这种演技，连我自己都很感动！你们不奖励我，还要骂我，下次，你们再要我配合演戏的时候，我就不演了！随你们去应付吧！"小燕子嚷着。

"好了了好了！也没骂你，就是要你小心一点，不要演得太过分了！"永琪说。

"怎么过分？我是'傻妞'，总得傻乎乎的才像呀！那个画像，我不把它吃了，大家不是都危险了吗？我真倒霉，以为可以摘很多柿子吃，结果，柿子没吃成，还摔进水里，给大狗追，还吃了一肚子纸！我怎么跟这个'纸'过不去，老是吃纸！如果养成习惯，看到纸就想吃，那怎么办？"

永琪又是心疼，又是好笑：

"其实，你把那些画像撕碎了，丢到地上去踩，或者丢到水沟里，毁掉它就可以了，反正你是装疯卖傻嘛！为什么要吃呢？"

小燕子一愣，恍然大悟地说：

"是啊！我好笨！为什么要吃呢？难道我真的是个'傻妞'吗？"

紫薇安慰地拍拍她：

"还好又让你过关了！这几个官兵，根本就是拿钱不做事的人，糊弄糊弄，打发时间就交差，这才让我们逃了！要不然，这么多状况，他们看不出问题，也都是一些'傻兵'了！"

"他们不是傻兵，是给我们闹了一个头昏脑涨，招架不住了！"尔康说，"小燕子，你那个《三字经》要不然就不要背，要背就好好背，怎么还改词？"

"不能不改呀！我一紧张，把下面的词全忘了！再说，'傻妞'如果背得很溜，那就'不傻'了，不是吗？"

箫剑看着小燕子，对她有兴趣极了：

"傻妞如果能改《三字经》，还能押韵，那还能叫'傻妞'吗？小燕子，你实在聪明极了！"

小燕子被箫剑一夸，就轻飘飘起来，高兴地看着箫剑：

"真的吗？我很聪明吗？我押了韵？我会押韵？永琪他们都说我笨，教我成语也教不会，教我背诗也教不会！害我看到书就怕……"

"你很聪明，将来，让我来教你，包你一学就会！"箫剑认真地说。

小燕子兴高采烈，嚷着：

"箫剑！你真的好合我的胃口！我看，你还是当我的师父吧！你的武功又好，还会作诗、还会吹箫，我什么都要学！"

永琪看看箫剑、看看小燕子，心里，浮上一种怪异的感觉。

尔康看看三人，心里也觉得有点怪，就打断了他们：

"好了！我们言归正传。我看，这个农庄已经不保险了，那些官兵回去以后，想一想，就会觉得我们大家很奇怪，如果起了疑心，第三次来，我们就没有这样容易过关了！所以，我建议，我们大家明天一早就动身！"

"可是，我们的装备和马车，都在帽儿胡同，这样吧，今晚，我和箫剑去帽儿胡同把东西带来！再不走，确实不行了！"柳青说。

"那个帽儿胡同危险不危险？会不会已经有人埋伏了？我觉得，皇上好像非找到我们不可，所有和学士府有关的地方，都很危险。那些装备，能不能放弃呢？"金锁问。

"不能放弃！"尔康说，"我们这八个人，一路上要吃、要喝要住，衣食住行，全在那些装备上！这样吧！箫剑、柳

青、柳红，你们冒险去帽儿胡同，我呢？要冒险去一趟学
士府……"

"什么？学士府？那是全世界最危险的地方了！"柳红
惊喊。

"你一定要回去一趟吗？"紫薇就看着尔康。

尔康恻然地看着紫薇：

"对不起，紫薇，我必须冒这个险，不跟我阿玛、额娘告
别，我于心不安！"

"那……我跟你一起回去！"

"不行！我一个人比较安全，毕竟我会武功，必要的时候
可以逃！有你在，我会顾此失彼，碍手碍脚。你还是留在这
儿，让我安心吧！"

"尔康！你这样做，实在是大大的不理智，我们这群人，
好不容易才在一起！万一你又失手，我们大家就前功尽弃
了！"柳红不赞成。

"就是！尔康少爷，你还是听大家的劝，不要冒险了！福
大人和福晋会理解你的！不会怪你的！"金琐也说。

"他们不会怪我，我会怪我自己啊！"尔康难过起来。

萧剑就站了起来，用很有决断性的语气说：

"尔康！你少数服从多数，不要再争辩了！如果你一定要
回去，也等我从帽儿胡同回来以后，让我陪你走一趟！"

小燕子看着萧剑，满脸佩服地说：

"这样好！萧剑的武功，是'神仙画画'的！有他陪你，
我们大家就放心了！"

永琪再看了小燕子一眼，心里那种异样的情绪更加重了。他就默默地走出门去，看到院子里一地乱七八糟的谷子，就拿起一把扫把，把那些四散的谷子扫成一堆，脸上是若有所思的。

小燕子换了一身干净的衣服跑出来，看到永琪在扫谷子，就笑着嚷：

"哎哟！几时看到过阿哥在这儿扫院子？"

永琪脸色一沉，警告地说：

"不是说过了，不要再提'阿哥''格格'了吗？"

"是！"小燕子大声应着，看着他，"你在做什么？"

"你没看到吗？我在扫这些谷子！老欧碰到我们这群人，也真倒霉，谷子弄得乱七八糟，也没有人会帮忙扫一扫！"

小燕子好笑起来：

"人家'晒谷子'，就是要铺平了在那儿晒，你把它们都扫成一堆，不是越帮越忙了吗？少爷！你不懂，就不要乱帮忙了！"

永琪一愣，脸色更加萧索了。

"是啊！我根本不懂，在这儿越帮越忙！"他废然地放下扫把。

永琪就走到台阶上，坐下来，用手托着下巴，看着天空。

小燕子追了过来，推了他一下：

"你怎么怪怪的？在想什么？"

"在想……"永琪看她一眼，"出了那座'回忆城'，我可能什么都不是！以后漫漫长路，正是考验的开始。恐怕，我在'回忆城'里学的所有东西，在江湖上，全都没用了！"他看着那些流动的云，叹了一口气："不知道皇阿玛，现在有没有想我们？是不是还在生气？"

"不要再提那只'瞌睡龙'了！我们就是被他害得这么惨！"

永琪就正视着小燕子，一本正经地说：

"小燕子，我们办一个交涉！以后，你不要管我心里对皇阿玛的想法，任何不敬的言辞，我都不会用在皇阿玛身上！我希望你也不要'瞌睡龙''瞌睡龙'地叫来叫去。再有，我们虽然要流浪江湖了，我还是不喜欢你的江湖习气，你可不可以不再用偷的骗的？哪怕是偷一个柿子，骗一个鸡蛋，都太不光彩了，不是光明正大的人应该做的！你看，让人家当成是小偷，放了狗来追，真是难看极了！"

小燕子一呆，脸色顿时变了。

"还没开始动身'流浪'呢，你的阿哥架子怎么又端出来了？如果你舍不得那个回忆城，你就回去吧！我本来就是江湖女子，你要我怎么改？看我不顺眼，就算了嘛！这样板着脸教训我，你算老几？说什么要为我做一个全新的永琪，都是骗我的！"小燕子说完，一扭身子就要进房。

永琪立刻后悔了，飞快地拦住了她，赔笑地说：

"不许生气！"

"来不及了，已经生气了！"

"是我在犯毛病……"永琪勉强地笑了一下，"昨晚没有睡好，今早送走含香，心里也挺难过的。接着，跟那些农夫吵架，被他们放狗来咬，你又摔进水里，回到农庄，再被吓得魂飞魄散……这一个上午，我被折腾得七上八下，心里难免有些毛躁……不是有意要跟你怄气……"

小燕子瞅着他，心软了，好后悔说得那么冲，就挤在他身边坐下。

"我知道，我知道！这几个晚上，你和尔康打地铺、睡门板，大概你们从来没有受过这种苦……"就歪着头去看他的脸，柔声地说，"好了……我以后不偷柿子就是了，今天也不是存心的……已经被那些狗吓得魂都没有了，你不知道，我小时候被狗追过咬过，最怕大凶狗！又掉到冷水里，已经受到惩罚了嘛！"再歪着头看了看他，小小声地说道："我以后也不说'瞌睡龙'了，以前，我们出巡的时候，大家都叫他'老爷'，我叫他'老爷'总可以了吧？"

永琪看到这样的小燕子，实在爱进心坎里，就把小燕子的手一把握住，盯着她，一本正经地说：

"下次偷柿子的时候，一定要找没有狗的柿子园！"

小燕子眼睛一闪，大笑起来：

"就这么决定！"

两人对看，小小的不愉快，就在两人的笑容里烟消云散了。

第四章

这天晚上，萧剑带着柳青、柳红去了一趟帽儿胡同，把福伦和福晋为大家准备的马车和行装都带来了。他们不只把行装带了来，还偷偷带来了两个人，竟是平民打扮的福伦和福晋！两人一下马车，所有的人都惊动了，全体奔到院子里去迎接。

尔康和紫薇惊见福伦、福晋，喜出望外，两人就扑奔上前。尔康惊喊：

"阿玛！额娘！你们怎么来了？"

"本来，只是溜到学士府去问问消息，可是，伯父、伯母坚持要来一趟，我们大家就冒险了！"柳青说。

"福大人，福晋！"紫薇激动地扶住福晋，"太意外了！真不敢相信还能见到你们啊！"

柳红抱了一堆衣服进来：

"我把银杏坡那儿的旧衣服都拿来了，福晋又准备了好多衣服，我想，这一路的衣服大概够穿了！"

"永琪，我们来收拾一下行装，看看还缺什么，好马上添，让他们一家子说说话吧！"萧剑对永琪说。

永琪看到福伦和福晋，心里激动异常，福伦看到他，也不胜感慨。没想到贵为阿哥，居然要去亡命天涯！福伦想着，就伸手紧紧地握住永琪：

"五阿哥！逼到最后，你们还是走了这一条路！"

"是！"永琪郑重地说，"以后，我的阿玛恐怕要交给你们照顾了！等到他的气消了，请帮我转告他，不管我在世界的哪个角落，我永远会祝福他，也祈求他的原谅！"

福伦好感动，重重地点头：

"我明白了！五阿哥，你要自己保重啊！"

小燕子在旁边气呼呼地接口：

"我没有那么好的风度，我会记仇的！可是，为了永琪，我把我的恨咽了下去！告诉那个'老爷'，他没砍成我的脑袋，我反而带走他的永琪！这是他的报应，谁叫他说话不算话？他才会'赔了儿子又折兵'！"

福伦苦笑了一下：

"你这句话，我就不帮你转达了！"

金琐也跑上前去行礼：

"金琐叩见福大人、福晋！"

"金琐，他们把你也救出来了！"福晋惊喊。

"是！所以祸也越闯越大了！"

"我们进屋去说话吧！"尔康和紫薇，赶紧扶着福伦和福晋进房。

到了房里，福伦、福晋坐下，尔康就拉着紫薇，双双跪地。尔康激动地说：

"阿玛、额娘！儿子不孝，闯下滔天大祸，连累爹娘！现在，还要让你们两老承受离别的痛苦！我这样的儿子，是你们两个的债，对不起！我不知道该说什么，才能让你们明白我心里的歉疚！让我和紫薇，给你们磕三个头，谢谢你们养育之恩，更谢谢你们的理解、体谅和支持！"

尔康磕下头去，紫薇也跟着磕下头去。紫薇的歉疚，更是排山倒海一样地涌上来，惭愧地接着说：

"福大人、福晋！这一切的祸事，都因我而起！自从我走进学士府，就给福家带来一连串的事故！我不能给福家带来荣耀，反而带来灾难，不能给两位带来团圆，反而带来离别！我真是对不起两位，请你们原谅我！"

尔康和紫薇，就双双磕下头去。福晋满眼泪水，弯腰去拉两人：

"起来！两个人都起来说话！"

"尔康、紫薇，经过了囚禁，又经过了劫囚车，你们都健康没事吧？身子怎样？有没有受伤？"福伦也是热泪盈眶地问。

"我给你们准备了好多药材！灵芝、人参，应有尽有！你们上路以后，可能会很辛苦，路上要多吃一点补品！紫薇上次病后，身子还没调理好，现在又碰到一大堆事，不要把身体疏忽了！"福晋又说。

紫薇和尔康感动得一塌糊涂。紫薇含泪激动地说：

"福晋！你还是对我那么好，你不恨我、不怪我吗？"

"为什么怪你呢？"福晋瞅着她，"为了你这样死心塌地爱尔康？还是为了尔康这样死心塌地地爱你？我们做父母的，已经被你们彻底感动了！只希望你们以后，再也没有灾难，那就是我们的福气了！"

"谢谢你们这么理解我们，这么包容我们，这么宠爱我们……允许我们这样任性和自私！"尔康说着，已经不知道如何来表达自己的感激和热情，又磕下头去。

"孩子，我们不能久留，马上就要走！免得把你们的行迹暴露了！你们就起来吧！不要把时间浪费在磕头上面了！"福伦伸手去拉。

尔康和紫薇站了起来。福晋就伸手，握住了紫薇的手，郑重地托付道：

"紫薇，我把我最心爱的尔康，交给你了！以后，在他脆弱的时候，支持他！在他孤独的时候，陪伴他！在他失意的时候，鼓励他！这些，都是他以后可能要面对的人生！因为，他是从一个'得意'的身份，走上一个'平凡'的身份，有些心理过程，是他必须要付出的代价！"

紫薇点头，握紧了福晋的手：

"我知道！我会牢牢记住您今天跟我说的话！我也向您保证，有我在，我不允许他脆弱，不允许他孤独，更不允许他失意！如果他有那些感觉，一定是我不够好！福晋，我会牢牢地守着他、紧紧地看着他，让他没有时间来感觉脆弱和孤独！"

福晋忍不住把她往怀里一抱，喊道：

"紫薇，你体会了一个母亲的心！你真是一个可人儿！"

拥抱片刻，紫薇抬起头来，歉然地看着两老，说：

"还有一件事，我一定要禀明两位！我的舅公和舅婆从济南来，否决了我的格格身份，老佛爷也撤销了我的指婚，所以，我不是金枝玉叶了！我是谁，我自己都不知道了……"

"你是谁，我们都很清楚！"福伦打断了她，"你是紫薇，我们的媳妇儿！要和尔康共度一生的那个姑娘！其他一切，都不重要了！"

尔康凝视着父母，心里，实在是震动极了，再也没有料到，父母会用这样宽大的心胸，来理解和包容自己的一切，看着福伦斑白的两鬓，充满不忍地说：

"我和紫薇，经过了这么多风风雨雨，生生死死，以后，一定会更加珍惜彼此，保护彼此！你们不要再牵挂我们！倒是你们，我实在不放心极了！不知道皇上会不会迁怒到你们身上，我闯的祸，要让你们来帮我收摊，帮我承担，我只要想到这儿，就没有勇气和紫薇远走高飞了！"

"走吧！尔康，不要再犹豫了！我和你额娘会平安的，让我告诉你们一个好消息，令妃娘娘和晴儿都过关了！"福伦说。

"是吗？"紫薇惊喜地问，"她们真的过关了？那……小邓子、小卓子、明月、彩霞有没有被牵连呢？"

"都过关了！令妃已经带了信给我们，老佛爷曾经想办我们，但是，皇上否决了！皇上没有迁怒，他还是一个'仁君'！你们，也不可以跟皇上记仇！"

"是啊！这不过是暂时小别而已，等到时过境迁，风平浪静的时候，你们一定要回来！家还是家，皇上，还是你的皇上！记住，今晚以后，我的生活里，剩下的就是两件事，一件是'期盼'，一件是'等待'！期盼团圆，等待见面！你们不要一直让我在这种煎熬里过日子啊！"福晋深深地嘱咐。

"我们知道了。不管是天涯海角，我们只要有机会，一定会带个信给你们！放心，有这么多有情有义的高手陪着我们，我们会平安的！"尔康说。

福伦和福晋点头，两人的眼中都闪着泪光。福晋就看着紫薇，说：

"紫薇，你喊我一声'额娘'吧！"

紫薇眼泪一掉，激动地喊道：

"阿玛！额娘！"

"好孩子，好孩子！"福伦拼命点头拭泪，"等你们回来，我们再好好地办婚礼！我想，不过是一年半载的时间！"

"孩子，你们一路顺风，我们必须回去了！"

尔康和紫薇就再度跪下：

"我们拜别阿玛、额娘！"

第二天一早，大家就出发了。紫薇、小燕子、金琐坐在马车里。柳青、柳红驾着马车。尔康、永琪、萧剑骑马，一行人上路了。

老欧和欧嫂，站在院子里，不住地挥手：

"再见！再见！大家保重！"

"要小心那些官兵啊！"小燕子从车窗里伸出头来叫。

"我们知道！你们也注意一点！"

"我们都走了，那些官兵再来找麻烦，发现你家的人都不见了，会不会疑心呀？"紫薇也伸出头来喊。

"你别操心了！我就说都去田里做工了，不就成了？他们又不会一直在这儿等！"欧嫂说。

"了不起就是我家的酒要多消耗一点！"老欧笑着。

"真要麻烦，就搬家吧！"萧剑仍然叮咛了一句。

"是！"

众人就挥手道别：

"再见！再见！"

"一路顺风！"

车车马马就这样出发了。

农庄很快地被抛在后面了。北京，抛在后面了。皇宫，抛在后面了。格格、阿哥、御前侍卫……都被抛在后面了。

一行人跋涉在旷野，跋涉在郊外。漫长的逃亡生活，就这样开始了。

小燕子和紫薇等人，已经失踪了许多天，派出去追捕的侍卫、官兵、大臣，连影子都没有找到。乾隆眼看香妃失踪，找不回来；两个格格失踪，也找不回来；连永琪和尔康失踪，也找不回来；真是气愤极了。看着几个负责追捕的大臣，恼怒地问：

"怎么会一点消息都没有？你们到底在做些什么？"

大臣们惶恐躬身，你一言、我一语地禀道：

"臣以为，他们可能已经分成好几队，东西南北各个方向跑走了！"

"正是！如果他们分散了跑，我们真的很难找！即使他们还藏在北京，只要老百姓掩护他们，我们也不容易找到！"

"皇上！不知道是不是可以悬赏捉拿？如果悬以重赏，那些老百姓说不定可以提供线索！"

"臣已经让画工画制了许多画像，预备遍发给各个府、各个县，但是，皇上是不是准许这样大张旗鼓地搜查？"

乾隆瞪视着那些大臣：

"朕告诉你们，他们那一群人，是不会分开的！尔康离不开紫薇，永琪离不开小燕子，金琐又跟定了他们！再加上他们的个性，个个喜聚不喜散，讲义气，讲'有福同享，有难同当'！所以，他们不会分成好几组！这些人里面，紫薇和金琐不会武功，小燕子是个半吊子！他们要长途跋涉，一定需要马车和马！你们只要看到马车和马队，就注意一下！你们想想，他们个个年轻，个个漂亮，这样一个队伍，怎么可能不引人注意？"

"是！臣了解了！"大臣们哈腰说道。

"至于路线，他们很可能直奔西藏，去投奔巴勒奔和尔泰！也可能去了新疆，和香妃一起去投奔阿里和卓！但是，西藏和新疆，都很荒僻……"乾隆深思着，揣测着几个孩子的个性，"依朕推测，他们最最可能，是直奔南方！因为南方山清水秀，这些孩子，还带着诗情画意和玩心，虽然逃亡，也不会逃到什么穷山恶水里面去！所以，派一些真正的高手，一路南下去找找看！到苏州、扬州、杭州去找找看！"

"是！臣遵命！"

"记住！朕要活口！不许伤他们性命！这些孩子个个聪明绝顶，你们不只要跟他们斗武功，也要跟他们斗智慧！如果发现了行踪，不要打草惊蛇，先来向朕回报也可以！至于老百姓那儿，还是尽量不要惊扰，也不必大张旗鼓，弄得满城风雨，知道了吗？"

"是！臣知道了！"

大臣们躬身退下。

乾隆走到窗前，看着窗外的天空，恨得直咬牙：

"朕一定要把你们一个个捉回来！"

小燕子他们，已经流亡了一段日子。大家打扮成富商的模样，一路大大方方地往前走，居然没有引起什么疑心。只是，为了逃避注意，他们很少住客栈，尽量在老百姓家里投宿。尔康认为，客栈是官兵们最可能搜查的地方。这天，大家到了一个还不小的镇，名叫"正义村"。每个人都有些累了，尤其几个姑娘，好想烧几桶热水，痛痛快快地梳洗一番。尔康和萧剑就冒险把车车马马停在客栈门口。

众人下马的下马，下车的下车，尔康说：

"好了，今天就奢侈一下，住个客栈吧！不过，大家要提高警觉！"

"我真想好好地喝一杯！自从陪你们上路，我这个'萧剑江山诗酒茶'，已经变得残破不全了！"萧剑笑着说。

"你这七件事，要样样俱全，你就是神仙了！"紫薇笑着接口，"有点残缺，才有缺陷美！有缺陷美，才是人生！当神仙固然好，少了几分'人味'，也是一种缺陷呢！"

萧剑大笑，看紫薇，眼里透着真心的欣赏：

"哈哈哈哈！好一篇缺陷论，以后，我肚子里的酒虫大闹的时候，或者是情绪低落的时候，我就背诵你的缺陷论！"

"你也有'情绪低落'的时候吗？"紫薇问。

"我为什么不该有'情绪低落'的时候？"

"因为……'一箫一剑走江湖，千古情愁酒一壶！'既然千古的情愁，都可以一口吞了，怎么还会情绪低落呢？"

"哈哈！"萧剑又大笑起来，"说得好！你知道吗？'矛盾'是人生无法避免的问题，没有'矛盾'，就没有'人生'！"

大家说说笑笑，一面把行李卸了下来。

柳红提醒大家：

"各位各位，我们把值钱的东西都随身带着，每人身上带一点，如果有人有了闪失，其他人身上还有！住客栈不比老百姓家，大家还是小心一点好！"

"柳红说得对！大家进了客栈再分配！走吧！"尔康往客栈走去。

小燕子站在那儿，东张西望。

只见路人一拨一拨地，争先恐后地往一个方向跑。

小燕子大奇，拦住一个路人，问：

"你们干什么？大家都要去哪里？"

"别拦着我！我要去看热闹！"路人急急地嚷着。

"热闹？"小燕子喊，精神全来了，"有热闹可看？赶快告诉我！什么热闹？"

"小燕子！你就不要管闲事了！"永琪去拉小燕子。

小燕子哪里肯不管闲事，拼命追问：

"什么热闹？什么热闹？"

"你们是外地来的，是吧？"

"是啊！你们是不是有人要抛绣球啊？"小燕子兴冲冲。

"抛绣球？没有的事！是要烧死一个人！"

"啊？要烧死一个人啊？"小燕子大惊。

柳青、柳红、永琪、尔康、紫薇、箫剑、金琐听到要烧死人，都围了过来。

"真要烧死一个人吗？为什么？"

"我们村里，有个姑娘名字叫作'苏苏'，还没成亲，就怀了孩子！我们村子的习惯，这种不守妇道的女人，都要烧死！所以，现在就要去烧死她！"

路人说完，摆脱了小燕子，往前面就跑。

紫薇脑子里轰然一响，想起了自己的身世，想起了亲娘，不禁打了个寒战，问：

"什么？没有成亲有了孩子，就要烧死她？这个地方，是保守？还是野蛮？"

小燕子跟着人群就跑，激动得一塌糊涂：

"我要看看去！"

"我也去！"柳青跟着跑。

"小燕子……小燕子……"永琪急忙追了去。

尔康和箫剑彼此看了一眼。尔康说：

"我把行李寄放在掌柜那儿，大家都过去看看吧！"

结果，全体的人都跑到广场上去看烧苏苏。

大家奔到一个广场，就看到许多人聚集在那儿，还有许多人争先恐后地跑来。

在空地上，那个名叫苏苏的姑娘，被五花大绑，绑在一根木头柱子上，柱子下面，堆满了柴火。

大家看过去，只见苏苏十八九岁，脸庞清秀美丽，眼神里带着恐惧，也带着坚强，绑在那儿，动也不能动。

有个白须白发的族长，满脸严肃地站在柴堆前面。

几个年轻力壮的青年举着火炬，等着烧火。

群众挤满了空地，群情激愤，兴奋地嚷着、喊着：

"烧死她！烧死她！不要脸的女人！丢了我们正义村的脸！烧死她……"

小燕子拼命挤进人群。永琪、柳青、紫薇、金琐跟着挤上前来。尔康、柳红、箫剑也紧跟在后，挤到紫薇等人面前。

"族长！不要跟她客气了！这种无耻的女人，赶快处死！"一个群众大叫。

就有一群人跟着叫：

"烧火！烧火！烧死她！无耻！下流！不要脸……"

突然，有个中年妇人跌跌冲冲地扑奔而来，抱着柴堆，仰头看着苏苏，狂叫："不要烧死我的女儿呀！各位乡亲，我给你们磕头了！"就掉头，狂乱地跪在地上，拼命磕头："求求族长，求求各位，我守了十五年的寡，只有这一个女儿呀！你们饶了她吧……"

"不能饶！她是我们大家的耻辱！烧死她！"一个群众喊。

"烧死她……烧死她……烧死她……"群众吼声震天地响应。

紫薇看到这种惊心动魄的场面，脸色都变白了，回头对尔康说：

"为什么大家这样残忍？为什么喜欢看别人被烧死？那个男人呢？他们只烧女人，不烧男人吗？"

尔康完全体会到紫薇的感觉，也深深地震撼了：

"好可怕的刑罚，难道这种地方，行刑不需要官府吗？"

"没办法，这种村子，民风非常剽悍，族长可以决定一切！"箫剑说。

这时，族长已经伸出双手，示意大家安静。大家静了下去，族长大声说道："苏家女儿苏苏，不守妇道，未婚怀孕，让整个正义村蒙羞！现在，立刻执行火刑！"就大声宣布："烧火！"

那些手持火炬的年轻人大声响应，拿着火炬上前，就要点火。

小燕子眼看这个苏苏就要被烧死，再也忍不住了，纵身一跃，飞蹿而出，落到柴火堆前，举起手来，大喊："等一下！事关人命！怎么可以这样随随便便？这个苏苏，不过是怀了孕，有什么了不起？为什么要烧死她？如果她要烧死，那个让她怀孕的男人在哪里？"她看着群众，大叫："那个孽种在哪里？出来！你的女人要给人烧死了，你还不赶快出来！闯祸的是两个人，为什么只烧一个人？"

群众大哗，对小燕子挥着拳头嚷：

"这是谁？不关你的事！不要你来管我们！拉她下去……拉她下去……"

就有一群人上去拉扯小燕子。永琪一看，按捺不住，飞身上前，三下两下，推开了围攻小燕子的人，站在小燕子身边，伸出双手，大声地说：

"各位各位！请听我说一句话！这个火刑，实在残忍，用来对付大奸大恶的人，还说得过去，用来对付一个弱女子，实在太过分了！何况这个姑娘还有身孕，烧了之后，是一尸两命！上天有好生之德，大家何不原谅了她？"

群众更加哗然，纷纷摩拳擦掌、怒喊连连：

"什么人？打哪儿来的？一定是苏苏找来的帮手！滚！你们赶快滚，要不然我们就动手了！"

族长也走过来，对永琪和小燕子说：

"你们这些外乡人，不要管我们正义村的事！让开！让开……国有国法，家有家规，苏苏犯了死罪，一定要死！"

苏母发现了转机，就号啕大哭地叫了起来：

"各位乡亲，救命啊……救命啊……我家苏苏，一定是给人强暴了……不是自己愿意的呀！苏苏，你快说了吧！那个男人是谁？你说了吧……"

族长一听，纳闷地回头惊看苏苏，问：

"苏苏！你是被强暴的吗？"

谁知，那苏苏却十分傲气，脸色惨白地昂首说道：

"你们烧死我吧！没有人强暴我，是我自己愿意的！我丢了正义村的脸，死就死！"

"苏苏……你怎么可以这样？"苏母哀号，"到底是谁？你为什么不说呀？你死了，你要娘怎么办？"

紫薇等人，个个都有不忍、不平之色。尔康受不了了，也从人群中一跃而出，站在小燕子和永琪身边，仗义执言了：

"各位各位！我们从外地来，今天管定了这件闲事！这位苏苏姑娘一定有难言之隐，看在她这样保护那个男人的分上，你们饶她不死吧！这件事一个巴掌拍不响……要罚也要罚两个人，既然另外一个不知道是谁，何不抱着宽大的胸怀，接受上苍给予的新生命，化悲剧为喜剧、化戾气为祥和呢？"

小燕子就举起手来，激动地大喊：

"是啊！化力气为糨糊！化力气为糨糊！化力气为糨糊……化力气为糨糊……"

群众被小燕子等人闹得更加激愤，七嘴八舌地大喊：

"不要跟他们啰唆！再啰唆就打！"

"打……打……打……"

便有一群壮汉，拿了扁担、棍子，奔出人群，要打尔康、永琪、小燕子。

柳青忍无可忍，怒吼："谁敢打他们一下，我扒了你的皮！"说着，就飞跃出去。

柳青一飞跃出去，柳红就跟着飞跃出去。兄妹二人，一阵挥拳踢腿，就把拿着棍棒的人，一个个地甩了出去。

群众更是激动得如疯如狂了：

"先烧火再说！烧火！烧呀……烧呀……"

几个青年就去点火。苏母惨烈地狂叫：

"苏苏……苏苏……苏苏……"

紫薇忍不住尖叫起来：

"尔康！快救苏苏呀！"

这时，箫剑腾空而起，直飞向柱子，一阵噼里啪啦，那些柱子飞裂成了碎片。

尔康和永琪也腾空而起，两人抓住苏苏，把她从浓烟中抢救下来。

群众仰头，看得目瞪口呆，哇哇大叫：

"他们会飞！哪里来的高手？哇！哇……"

箫剑、永琪和尔康，就带着苏苏，直飞到场外。

群众大喊大叫：

"追啊！追啊……不要给他们逃掉了！"

大家抄起扁担、木棍、柴火……恶狠狠地追了过来。

这时，忽然有个眉清目秀的青年，从人群中狂奔而出，嘴里凄厉地大喊着：

"爹！你们烧了我吧！苏苏肚子里的孩子，是我的呀！"

族长一颤，顿时大惊失色，惊问：

"你的？是你的？"

青年对族长跪下，流泪喊道：

"爹……你要烧死的，是你的孙子啊！"

所有的群众，全体呆住了。众人忘了追赶尔康等人，也忘了行刑，全体瞪着跪在地上的青年。那青年痛哭流涕地说道：

"我和苏苏情投意合，可是，爹，你一定要我娶孔家小姐，我说过我不要不要……我知道我丢了你的脸、丢了正义村的脸，让我和苏苏一起死吧！"

青年说着，就爬了起来，奔向苏苏。

群众不约而同让出一条路来，让那青年跑过去。青年痛喊着：

"苏苏！原谅我……原谅我没有挺身而出……原谅我的胆小和害怕……"

苏苏哭着，叫着青年的名字：

"志伟！志伟……"

两人就忘形地向对方奔去，紧紧地拥抱在一起了。

尔康看着这一幕，脸上带着无比感动的神色，走到族长的面前，一抱拳说："恭喜恭喜！与其烧死一对有情人，不如接受一对有情人！何况，还有那个小生命呢？这儿，是我们这些不速之客的贺礼，请收下！"就从钱袋里取出一个银锭子，放在族长的手中："我们建议你，赶快给他们两个办喜事吧！"

族长目瞪口呆。

群众也呆呆地站着，一片寂静。

苏母扑奔而来，跪倒在尔康、永琪、箫剑的面前，倒身下拜，喊着：

"各位英雄，各位神仙，谢谢！谢谢！"

苏母拜完，起身，又跑过去，拜倒在族长面前：

"族长，你饶了他们两个吧！求求你！求求你……"

族长眼中含泪了，弯下身子，搀起苏母，脸色苍白地叹了口气：

"我们……办喜事吧，好不好？"

小燕子跳了起来，把手里的帕子扔到天上去，翻天覆地地欢呼起来：

"化力气为糨糊！化力气为糨糊！化力气为糨糊……化力气为糨糊……"

第五章

这天晚上，大家都非常高兴，救了苏苏，每个人都觉得心中舒畅。尤其是小燕子，不住口地在那儿嚷着：

"哇！今天真有成就感！我们太伟大了，能够把那个苏苏从火里救出来！我觉得好感动，看到那个苏苏和族长的儿子团聚了，真好！永琪，这就是你们常说的那一句'有感情的人到最后都会成为夫妻'……"

"有情人终成眷属！"永琪更正着。

"就是！就是！我们救人一命，胜过七张图画，对不对？"

"救人一命，胜造七级浮屠！浮屠是宝塔，七级浮屠是七层楼的宝塔！"紫薇笑着说。

"救人一命，跟宝塔有什么关系？"小燕子纳闷地问，"管他的！宝塔就宝塔！我们是八层宝塔！是九层宝塔！是一百层宝塔！哇……我好高兴，我们从那个回忆城里逃出来了，我又是'小燕子'了，好想飞，飞到天上去！"

"我看，你已经在天上了！你是我遇到过的人里，最有'生命力'和'活力'的一个！看到你这样热烈地活着，活得有声有色，真让我深深感动了！"萧剑说。

"是吗？是吗？"小燕子热烈地看萧剑。

"是！你真是一只会飞的小燕子……当初，是谁给你取了这个名字？"萧剑问。

"我也不知道！从我记得的时候起，我就叫作'小燕子'！"

"知不知道有两句著名的诗，'旧时王谢堂前燕，飞入寻常百姓家'？"

"什么王？什么燕？飞到哪里？什么百姓家？"

"现在，大家都没有家了！'处处无家处处家'吧！"紫薇感慨地说。

"好一个'处处无家处处家'！这和我那个'以天为盖地为庐'是异曲同工的！看样子，大家都是孤儿浪子，以后，就是'四处为家'了！"萧剑说。

"今天的家，就在这儿了！"柳青把大家带回到目前，"我们订了两间房，男的住一间，女的住一间！虽然简陋，总比在农人家打地铺好！"

尔康走上前来，提醒大家：

"大家都很累了，洗个澡，早点睡！今天这样一闹，我们的行迹已经暴露了！本来想在这儿多休息两天，现在，看情形也不可能了！大家养精蓄锐，明天一早就动身上路！"

金琐和柳红就把八个钱袋发给每一个人。金琐说：

"我和柳红把我们的银子、银票和值钱的东西，都分了八份，大家随身带着！每个人保护自己的财产！千万别弄丢了，这一路上，就靠这些盘缠过日子！"

大家收起钱袋，贴身藏好。萧剑就对尔康说：

"你也不要太大方了！今天，出手救那个苏苏是必需的！给贺礼就可以免了！我们虽然带了足够的盘缠，可是，路途遥远，还是要省着用！"

尔康对萧剑一抱拳，似笑非笑地说：

"教训得是！"

"别不服气了！"柳红看了尔康一眼，"人家萧剑说得有道理！你们这些公子哥儿，出手大方，成了习惯！等到钱不够用的时候，后悔就来不及了！"

"我有不服气吗？"尔康看着柳红，一笑。

紫薇忍不住帮尔康说起话来：

"尔康有尔康的用意，不这样来一下，那个族长不会松口办喜事，这个银锭子不是单纯的贺礼，是在所有人的面前，给那个族长一点压力！贺礼都到了，他还能不办喜事吗？"

尔康深深地看了紫薇一眼：

"毕竟，还是紫薇了解我！"

"原来是这样啊？我看这个正义村的人剽悍得很，会不会我们走了，他们又后悔起来，再把那个苏苏给烧了？我们需不需要等到他们成亲再走？"柳青说。

"这样最好！我最喜欢参加婚礼，我们喝完喜酒再走吧！"小燕子喊，"免得他们后悔！我看，那个族长的儿子，很怕他老子！和我们这儿的某人很像！"

"小燕子！不要指桑骂槐啊！"永琪皱皱眉头。

"指什么骂什么？"小燕子一愣，"这四个字四个字的话，你们能不能免了？"

"不能免！你有你的习惯，我们有我们的习惯，我们迁就你，你也得迁就我们！指桑骂槐，就是指着桑树骂槐树！"永琪的语气有点硬邦邦。

"指着桑树骂槐树？"小燕子又是一愣，"谁这么无聊？指着桑树骂槐树？这个人有神经病啊？为什么要骂槐树？一棵树也会招惹他吗？好端端地去骂一棵树，已经够神经了，还会指着桑树骂槐树……这人简直是个疯子，应该关进疯人院里去……"说着，眼珠一转："哦！我明白了，你在骂我，说我是神经病，是不是？"就对永琪一凶："我为什么是神经病？"

"哎……这是从何说起？"永琪喊。

"从'开天辟地'说起！从'赵钱孙李'说起！从'岂有此理'说起……"小燕子以为永琪在骂她，就一阵抢白，"四个字的话有什么了不起，我也会好多！"

"从'一鸟骂人'说起！"永琪脱口而出。

小燕子眼珠一瞪，忍不住扑哧一声笑了。

小燕子一笑，大家都跟着笑了。一场莫名其妙的"小吵"就此打住。

"正义村的闲事，我们管到现在为止！"尔康下了结论，"明天一早出发，不能再耽搁了，我已经闻出一股追兵的味道了！别忘了我们还是'钦犯'呢！"

大家都没有异议了。

这晚，有很好的月光。

客栈有个小小的花园，花园里有座小小的亭子。尔康和紫薇都有一肚子的话要说，吃过晚餐，两人就有意无意地避开了众人，走到亭子里来看月亮。

尔康见四下无人，就把紫薇的手一把握住，热情地看着她，说：

"紫薇……如果有一天，你发现我不像你想象中那么好，你会不会轻视我？"

"你怎么突然冒出来这样一句话？"紫薇怔了怔。

"我觉得'人上有人，天外有天'。人，不能自满，随时有人会把你比下去，好怕我在你心里不够完美！"

紫薇盯着他，热烈地说：

"我才怕我在你心里不够完美！"

"是吗？你会这样'怕'吗？"

"我会！但是，你是不用这样'怕'的！你在我心里，早就超越了一切！没有人能够和你相提并论……就拿我们这么一群人来说，每个人都有每个人的长处！每个人都很出色，那个萧剑也是！能文能武，深不可测！但是，你是我心里的一座山，稳稳地屹立在那儿，出类拔萃，坚定不移！"

尔康好震动，深深地凝视她。

"谢谢你这几句话，给了我太大的力量！"就低头问道，"今天，那个苏苏事件，是不是在你心里造成了阴影？"

"你怎么知道？你好可怕，总是看穿我的心事！"

"不要有阴影，上一代的事，早已过去了！"尔康深情地说，"如果你为了它想不开，那才是自找苦吃呢！"

"我不是为了上一代的事情想不开，是自从我的舅公、舅婆出现以后，心里就很不平静。接着，发生了这么多惊心动魄的事，我都没有时间好好地想一想。今天，碰到火烧苏苏的事件，带给我太大的震撼！我不禁想到我娘，是怎样度过了她艰辛的岁月，来把我养大！那个让我娘怀孕的人，不管他是谁，他都罪孽深重！如果济南的老百姓和这个正义村的一样，我娘大概已经被烧死了！"

"不要怪那个让你娘怀孕的人，如果世间没有你，就也没有我们的故事了！好险！如果你娘被烧死了，我还有什么机会遇到你呢？"尔康凝视着她，微笑起来，"你猜是怎么回事？当年，你娘有了身孕之后，玉皇大帝在天上，预知了人间几千年的事，算出在某年某月某日，我福尔康要和一个女子相遇，它绝对不能让这个女子还没出世就消失了，所以，它不允许村民发动火刑，为我福尔康保存了你的性命！"

"哦，原来是这样？"紫薇听得匪夷所思，睁大眼睛看着他。

"可不是！所以，你欠我一生一世！所以，不许再作茧自缚了！不许再东想西想了！把你的多愁善感收起来，快快乐乐地和我在一起吧！"

紫薇感动极了，不禁应道：

"是！"

尔康把她一拉，她就扑进了他的怀里。他紧紧地拥着她，看着她美目盼兮，不禁意乱神迷，俯下头，就想吻她。紫薇一个警觉，把他推开了，四面张望。

"干吗那么紧张？"

"这里的村民好保守，只怕他们看到，会把我也烧了！"

"怕什么？他们要烧，我也会陪着你一起烧成灰，化成烟！"

紫薇瞅着她，在他那样深情的眼光下，融化了。她诚挚地说：

"尔康！有你在，我真的什么都不怕了！天涯海角，跟定你了！我现在已经豁然开朗，虽然自己身世不明，犯下一大堆欺君大罪、失去了自己深深崇拜的皇阿玛……前途茫茫、后有追兵……可是，我跟小燕子一样，觉得快乐极了！好高兴，我们飞出了那个回忆城！好高兴，我有一个你，和我一起流浪！一起漂泊！"

"好美的一篇话！"尔康满足地叹了口气，"刚刚在房间里，你说'处处无家处处家'，我却觉得，自从开始流亡，因为有你在，处处都是我们的幽幽谷！如果我们可以平安地到达云南，到达那个世外桃源，我想，我曾经答应过你，我们那个美好的未来，那个有诗有梦的日子，就要实现了！"

两人眼里都闪着希冀的光芒，紧紧互视，然后，两人就忘形地紧拥在月光下，即使会被烧成灰烬，也顾不得了。

接下来，又是一段流浪的日子。这天，到了一个名叫"红叶镇"的小村庄。

车车马马走进小镇，大家都是仆仆风尘。

"前面有一家'悦来客栈'，我们停下来休息吧！"尔康说。

车子停了下来，大家下车的下车，下马的下马。

小燕子东张西望，忽然看到一群人聚集，不禁好奇地伸长脖子看。

"你们先进去，我等一会儿就来！"小燕子回头就跑。

"你又要去哪里？"永琪急喊。

"别管我，我丢不掉的啦！"小燕子已经绕过街角，跑得不见踪影了。

尔康连忙对永琪说：

"你还是追过去看着她吧！"

永琪追了过去，只见街角有一大群人聚集着，兴奋地吆喝：

"红毛赢！红毛加油！红毛胜利！红毛万万岁……"

"绿毛赢！绿毛加油！绿毛胜利！绿毛万万岁……"

小燕子早已兴奋地从人群中挤进去，嘴里嚷着："什么红毛绿毛？我黑毛来也！"

永琪跟着挤进去一看，原来，人群中间的空地上，正有两只斗鸡在彼此搏斗。群众围在四周，挤得水泄不通，分成两派，各给各的斗鸡加油。大家都激动着，个个脸红脖子粗，吼着，叫着：

"红毛赢！红毛赢！红毛赢！红毛赢……"

"绿毛赢！绿毛胜利！绿毛赢！绿毛胜利……"

斗鸡场中间，有两个斗鸡的主人，正在吆喝。

"谁要押红毛？现在还可以押！押啊！"一个喊。

"押绿毛！押绿毛……"另一个喊。

地上到处堆着铜板，大家还在加赌注，有的和老板赌，有的彼此赌。

小燕子一看到这种状况，浑身三万六千根汗毛，根根竖立，兴奋得不得了。

"我也要赌！我赌……"她转动眼珠，看看两只鸡，"我赌红毛赢！"

"快押！再晚就不能押了！"红毛的主人喊着。

小燕子掏出钱袋，拿出一块碎银子，放在地上：

"我赌两钱银子！"

"哎……小燕子……"永琪喊，想阻止，已经挽救不及，只好在旁边看。

小燕子出手太大，小镇的乡民哪儿见过，都瞪大眼睛，惊喊起来：

"哪儿来的小丫头？出手那么阔气！"

"嘿嘿！你别押错了边！我的绿毛已经胜了好多场了！"另外一个主人说。

"我押红毛！"小燕子就大声吆喝起来，"红毛胜利！红毛万岁！红毛！拿出你的看家本领来，打它一个落花流水！"

小燕子气势那样壮大，使许多人都跟着小燕子，押了"红毛"。

"红毛！咬绿毛！飞上去，扑过去！打呀！用你的尖嘴巴，咬呀！努力！你是一只最伟大的斗鸡！斗啊……打啊……"小燕子吼声震天。

人群一阵骚动，原来绿毛败下阵来，红毛赢了。众人惊喊：

"红毛赢了！红毛赢了！"

小燕子兴奋得脸都涨红了：

"哟呵！红毛赢了！红毛万岁！"

小燕子把赢得的钱全部扫到自己面前。有个群众就问小燕子：

"姑娘！你下面押什么？我们跟着你押！"

"下面是什么毛跟什么毛斗？"小燕子问。

斗鸡老板输了很多钱，非常不服气，扬着头，挑战地说：

"姑娘！要不要跟我好好地赌一场？"

"怎么赌？"

"姑娘选一只鸡，代表姑娘，我选一只鸡，代表我，我们彼此押。谁赢了谁拿钱！"斗鸡老板指着旁边的鸡笼，"不过，这些鸡是要卖的，姑娘选了哪一只，一吊钱买去！我可以让姑娘先选！"

"好！我来选！"小燕子跃跃欲试。

永琪急得不得了，拉拉小燕子的衣服。

"不要赌了！赢了一场就算了，大家都在等你呢！"

"你不要扫兴嘛！"小燕子眉头一皱，"难得碰到这样的场面，我高兴得不得了！你就让我玩玩嘛！"

永琪无奈。小燕子就选了一只貌不惊人的黑鸡。

"这只鸡好！这是黑毛，和我小燕子一样，我就买了黑毛！"小燕子兴冲冲地说，"来来来！老板，你的鸡是哪一只？"

老板选了一只很威武的鸡出来：

"我这只名字叫作'威风'！"

"好！我的黑毛要把你的威风杀得一根毛都没有！押！快押！"小燕子看看四周，得意扬扬地喊，"快押黑毛，不要错过了赢钱的机会！快押！"

小燕子说着，把赢得的钱，全部押了出去。

众人赶紧跟着押钱，七嘴八舌地喊：

"哇！这个姑娘有种！押那么大！"

"可那只鸡选得不怎么样！看起来没什么精神！"

"怎么办？押谁好啊？"

小燕子吆喝着："押我！押我！没错！我的黑毛，吃过熊心豹子胆，厉害得不得了！快押！"就把黑毛抓了起来，放到嘴边去，对黑毛郑重地说道："黑毛，你给我争一点气！只许赢，不许输，听到没有？万一输了，我今天晚上要喝鸡汤啊！"

小燕子"威胁"过黑毛以后，就把黑毛往地上一放。

众人纷纷押钱，大部分都押了"威风"。

两只鸡只斗了起来，不料，黑毛居然赢了。

小燕子乐得双手乱舞，跳得好高。群众都陷进疯狂状态了。小燕子大喊：

"再来！再来！要赌黑毛的，快下注啊！要跟我赌的，也下注啊！"

铜板、碎银子、银票堆了一地。永琪快要急死了，拼命去拉小燕子的衣服，小燕子干脆躲开他，不住地又嚷又叫。

不知怎的，这只貌不惊人的"黑毛"，居然如有神助，越战越勇，一次又一次地赢得了胜利。地上的钱，也一次又一次扫到小燕子面前。

小燕子终于玩够了，开心地看着那些钱：

"哇！我赢了！我赢了！我太高兴了！好过瘾啊！永琪，给我你的帕子，来包这些钱，我拿都拿不下了！"

永琪拿出帕子，帮小燕子包那些赢来的钱。

"姑娘！再继续赌下去吧！"斗鸡老板说。

"不能再赌了，天都黑了！"永琪嚷着。

小燕子已经尽兴了，就拎着那包钱站了起来：

"不赌了！我的鸡我拿回去！"

斗鸡老板站起身来，立刻翻脸了。

"赢了就走人？没有那么好的事！我还要押！"就拿出一锭银子，往场中一放，"你赌还是不赌？"

小燕子见那老板气势汹汹，火了：

"本姑奶奶玩够了！说不赌，就不赌了！"

老板往前一冲，伸手就去扣小燕子的手腕。小燕子正在低头抱那只鸡，没有注意，竟然给老板抓住了。老板身后，几个壮汉就亮相了。

永琪一看，老板居然敢抓住小燕子，大吼：

"放肆！拿开你的脏手！"

永琪就一掌劈了过去，那老板只感到手腕剧痛，慌忙松手：

"哪儿来的狗男女，敢来跟我撒野？"

老板一句话没说完，永琪噼里啪啦给了他好几个耳光。

"嘴里这样不干不净！输不起还摆赌局！坑了多少老百姓！你说！"永琪喊。

散去的群众又都聚集起来了，叫好的叫好，叫打的叫打，群情激愤：

"打得好，我们都输了好多钱，赢了就不放我们走……打！打……"

老板身后的大汉，就一拥而上，吼着：

"来砸场子，是不是？你们两个杂种，睁大眼睛瞧瞧我们是谁？"

小燕子气坏了，对着那些大汉，一脚踢了过去："姑奶奶好久没打架了！你们上呀！都上来试试看！"

"给我打！不要放走他们！打！打！打……"老板大叫。

"你们要打，是不是？不要后悔！"永琪喊。

永琪说完，就展开功夫，把那些大汉打得东倒西歪。那些大汉哪里是永琪和小燕子的对手，只有挨打的份，没有还手的份。永琪把每一个都打到小燕子面前，小燕子就像接力赛一样，再把那些大汉打倒在地。一阵噼里啪啦，大汉们已经摔了一地，有的摔到摊贩上，把蔬菜、水果滚落一地，有的摔到鸡笼上，把鸡笼也砸烂了，鸡飞狗跳，一团混乱。

那老板还要张牙舞爪：

"哪里来的野种？打呀……打呀……"

永琪一把抓住那老板的手腕，用力一扭，老板痛得急忙喊叫：

"哎哟！哎哟！好汉，饶命！饶命！我们有眼不识泰山，饶命啊!"

永琪把那老板摔到众大汉身上,大声说:

"今天饶你不死!你要是再敢开霸王赌局,我把你打成肉饼!"

老板和大汉们躺在地上叫"哎哟"。围观群众就疯狂地鼓起掌来,喊着:

"英雄!女英雄!万岁!万万岁!"

小燕子好生得意,像走江湖卖艺的人一样,对群众抱拳为礼:

"谢谢!谢谢!"

小燕子就拎起那包钱,抱起那只鸡,昂首阔步地走了。永琪赶紧跟了过去。

尔康和紫薇等人,早已梳洗过,都聚集在客栈的小餐厅里,叫了一些小菜,准备吃晚餐,但是,小燕子和永琪不知道去了哪里。大家等来等去不见人影,只得边吃边等。本来柳青想去找,尔康沉稳地说:

"不用不用!大家都要学习自己照顾自己,要不然就太累了!我们先吃,他们说不定已经在外面吃小摊了!小燕子那个人,才不会让自己饿肚子!"

"说得也是!"柳红赞成,"明知道是吃饭的时间,她不回来,我们只好自己管自己!我饿死了!"

大家就吃起饭来。正吃着,忽然间,有一包钱往桌上一放。同时,大家听到一阵咯咯咯的鸡啼声。大家惊讶地抬头,只见小燕子胳肢窝里夹着一只大黑鸡,得意扬扬地站在那儿。

永琪带着满脸尴尬的笑，站在小燕子身后。

那只黑鸡咯咯叫着，又扑翅膀又扇风。

箫剑大惊，指着黑鸡问道：

"这是什么？"

小燕子一屁股坐了下来，瞪大眼睛说：

"你真笨！这是什么你都不知道吗？这是一只公鸡！一只黑色的大公鸡！"

大家真是糊涂极了，瞪着那只鸡，再瞪着小燕子。尔康说：

"我知道那是一只公鸡，你抱着一只公鸡做什么？"

"它是我买的！它的名字叫作'黑毛'！"小燕子看着尔康，"你不是说'死有红毛绿毛'吗？我小燕子是黑毛，这只鸡也是黑毛，跟我小燕子一样，厉害得不得了！今天帮我打仗，打得轰轰烈烈！来……"就低头对公鸡说："黑毛，我要慰劳你一下，你爱吃什么？"伸手拿了一块排骨，就要去喂鸡。

大家你看我，我看你，越看越糊涂。

"永琪，这到底是怎么回事？"尔康问。

"这是一只斗鸡，小燕子买的！"永琪坐了下来，拍拍那包钱，"这是小燕子赢来的！也是那只斗鸡赢来的！你们懂了吧？"

众人惊看小燕子，小燕子笑得好得意，扬着眉毛说：

"你们没有看到，永琪今天真是神勇极了！那些摆赌局的老板，都是坏人，输了钱给我，就不放我走！永琪和我把他们狠狠地教训了一顿，打得他们落花流水，求爹爹告奶奶，过瘾得不得了！"

"你们又跟人打架了？"柳青大惊。

"不是说好路上不许出事、不许跟人打架的吗？"柳红跟着叫。

"什么'不许'？不许也得许，要不然就会被人欺负！"小燕子说。

那只黑鸡在小燕子胳肢窝下面又叫又挣扎。金琐坐在小燕子身旁，被扇了一头灰，金琐躲着，喊：

"小燕子！你预备把这只鸡怎么样？还不赶快把它放了？"

"放了？"小燕子睁大眼睛，"怎么可以放了？它是我的大功臣耶！我要养它！"

"什么叫作养它？"尔康惊喊，"我们在逃难啊！你还要养一只斗鸡？"

"它可以帮我们赚钱啊！"

"我们还没有沦落到要靠斗鸡来赚钱吧？"

"哎呀！你们真小气，一只鸡能吃多少粮食？我抱着它睡觉、带着它上路！不要你们管！"小燕子任性地说，有些不高兴了。

"你要抱着它睡觉？带着它上路？"金琐的眼睛也睁得好大。

"可不是！"

"那……"金琐立即宣布，"我不跟你睡一张床！"

柳红也抢着说：

"我也不跟你睡一张床！"

小燕子就欢笑着喊道：

"紫薇！那只好你跟我睡一张床了！我们有福同享，有难同当，有鸡同抱！"

"天啊！"紫薇大叫，一头栽在饭桌上，表示晕倒了。

大家又笑又摇头。

结果，那晚，紫薇和柳红、金琐挤在一张床上，小燕子带着她的黑毛，霸占了另外一张床。这一夜，在鸡声咯咯中，应该人人睡不好才对。可是，大家都睡得好沉好沉。直到日上三竿，居然没有一个人醒来。尔康觉得奇怪，跑来拼命打门，喊：

"紫薇！小燕子！吃早饭了！怎么还不起床呢？要出发了！"

小燕子被喊声惊动了，迷迷糊糊地翻了一个身，摸索着她的黑鸡。摸来摸去摸不到，她带着浓重的睡意，喊着："黑毛，黑毛……你在哪儿？"她猛然坐起身来，醒了。"黑毛？"她到处找黑毛，"你去了哪儿？怎么不见了？"

尔康在外面拼命打门：

"小燕子！紫薇，你们起来没有？"

小燕子对门外喊着："就来了！就来了！"她冲到紫薇那张床边，摇着紫薇、金琐和柳红："喂喂，你们有没有看到我的黑毛？"她钻到床下寻找，喊着："咯咯鸡！咯咯鸡……黑毛！出来！出来……不要跟我躲猫猫啊！咯咯鸡！咯咯鸡……"

紫薇、金琐、柳红都被她的"咯咯鸡！咯咯鸡……"吵醒了，揉眼睛的揉眼睛，伸懒腰的伸懒腰。

"怎么好累……好想睡！"紫薇说。

"是啊！"金琐打了一个哈欠，"我再睡一下！"又倒上床。

小燕子从床底下钻出来，摇着金琐：

"不要睡了，我的黑毛不见了！"

金琐睡意蒙眬地说：

"黑毛不见了，白毛在不在呢？"

"什么白毛？哪里有白毛嘛！"小燕子喊。

柳红伸着懒腰跳下床："等我穿好衣服来帮你找！"就去椅子上拿包袱，顿时一惊："包袱呢？"大叫："金琐！金琐……"

金琐从床上直跳起来。紫薇吓得从床上掉落地：

"什么事？什么事？"

柳红一把拉住了紫薇，喊："我们的包袱和行李呢？"四面张望，伸手一摸腰间，大叫："天啊！"

"怎么了？怎么了？"

"你们的钱袋还在不在？"柳红问。

三个姑娘全去摸钱袋，顿时间，大家脸色惨变。腰间的钱袋，全部被人剪断了绳子，偷走了。

"不好了！我们被偷了！我们住了贼店！贼店……"小燕子大叫。

四个姑娘发现昨天穿的衣裳还在床栏杆上，就手忙脚乱地穿好衣服。

柳红打开房门。尔康、柳青、萧剑、永琪一拥而入。

"发生了什么事了？"永琪急急地问。

"我们被偷了，我们的钱袋、包袱、行李都不见了！"紫薇恐慌地说。

"还有我的黑毛！"小燕子嚷。

四个男人全部傻眼了。柳青掉头就走：

"我去找客栈老板办交涉！"

萧剑走到窗前，到处检查，在地上发现一段熏香，他俯身捡了起来，沉吟地说：

"她们中了江湖上下三烂的道儿！迷魂香！所以，她们睡得那么死！我想，这事和客栈老板没有关系……因为，那只黑鸡也丢了！哪有用迷魂香还偷鸡的？这是那帮摆赌局的人干的！"

小燕子气得跳了三尺高，大叫：

"我要找他算账！我要打他一个落花流水……哇！气死我了！气死我了……"

小燕子喊着，就像箭一样冲出门去了。尔康赶紧喊：

"永琪！快去抓住她！我们不能报案，不能声张……她又要闯祸了！"

小燕子冲到了昨天斗鸡的地方，只见斗鸡场中，一个人影也没有，小燕子大喊：

"斗鸡的！你们在哪里？有种就给我出来！混蛋！干些偷鸡摸狗的事情，不要脸！你们给我滚出来……滚出来……"

永琪追了过来，拼命去拉小燕子：

"好了！小燕子，你这样大吼大叫一点用处都没有！他们早就逃得无影无踪了！我们还是先回客栈，检查一下灾情再说!"

小燕子气得暴跳如雷,又踢墙、又踢地:

"看吧!我会报仇的……等到他栽到我手里的时候,我要剥了他的皮,把他剁碎了喂猪!气死我了……哇!气死我了……"

几个路人和摊贩,好奇地回头观望,永琪急忙阻止她,着急地说:

"不要叫了!不要叫了……你要把官府的人叫来吗?快跟我回去吧!"

永琪就拖着小燕子往回走。小燕子兀自气冲冲,还在那儿骂来骂去:

"有种就出来跟我打!用熏香,下三烂的小偷!如果给我抓到,我要你好看!我要用熏香熏你三天三夜……把你变成一只'熏鸡'!"

忽然,街上出现一队官兵,拿着画像,拦住路人追问:

"有没有看到这样几个年轻人,三个很标致的姑娘、两个年轻的男子……你们看看清楚!有没有?有没有……"

永琪一见,拉住小燕子,掉头就往客栈飞奔。

尔康和箫剑等人,已经把客栈老板找来了。那老板知道他们丢了东西,吓得脸色发青,苦着脸,向尔康等人打躬作揖:

"各位客官,小店真的不知道是怎么回事,小店在这红叶镇,已经开了三代的客栈,我上有八十岁老母、下有六岁小儿,如果我开了黑店,让我家老老小小,一家子死绝……"

"发毒誓有什么用?反正东西在你的店里丢的,你就要负责任!"柳青嚷着。

尔康义正词严地说:

"你的店里发现熏香,我只要把证物送进官府,你也逃不掉干系!就算东西不是你们同伙偷的,你也有义务帮我们追回!我问你!在街上摆斗鸡摊子的人,姓什么?叫什么?住在哪里?"

"小的不……不知道!"老板头一缩,吞吞吐吐地回答。

柳红往前一站,大吼:

"你说不说?以为我们好欺负,是不是?"

老板看看这些男男女女,觉得对方不大好惹,赶紧说道:

"那是这儿的土霸王,两个老板是串联的!一个名叫张全,一个名叫魏武,住在源头沟大庙口十六号!小的给各位磕头,千万不要说是我说的,要不然,我家老老小小还是活不成……"

"岂有此理!这儿还有王法吗?"尔康喊。

"我们不要浪费时间了!"箫剑盯着老板问,"那个大庙口怎么走?"

"这小镇就两条街,出了门往右拐就是……"

老板话没有说完,小燕子、永琪气急败坏冲进房间。永琪急急地说:

"东西不要追了,丢了就算了!大家赶快走!上路要紧!"

大家一看两人神色,已经心知肚明,全部神色一凛。

第六章

　　大家就这样仓皇上路了，上车的上车，上马的上马，不敢走大路，大家决定往山里走，向着南方的山区一阵狂奔。

　　经过一段疾驰，车车马马进了一座荒山。

　　大家看看没有追兵追上来，这才把速度放慢了。永琪不住回头看：

　　"好像把追兵摆脱了！我们下面一站是到哪里？"

　　"如果沿大路走，应该快到六河沟了！可是，现在这条路，到底通到哪里，我也搞不清楚了！"箫剑说。

　　尔康想着经过，心有余悸地说：

　　"从今天晚上起，我们几个男人，要轮流守卫，不能全体睡得那么死！几个姑娘，没有防范能力，大家要小心一点！那些强盗居然会用熏香，我想想就害怕，还好他们昨晚只偷财物，如果他们心术再坏一点，占了她们几个的便宜，我们岂不是得一头撞死？"

永琪拼命点头，义愤填膺地说：

"就是！我一想到那些钱袋，她们都是贴身带着，现在居然被偷，我就恨不得把那些强盗碎尸万段！"

"就这么决定了，从今晚起，我们男人守卫！一来防追兵，二来防坏人！"萧剑也是脸色凝重地说。

马车内，紫薇、小燕子、金琐坐在车里，大家好泄气。金琐拿着几个新装好的钱袋，交给紫薇和小燕子，说：

"还好他们几个身上的东西都在，我们把剩下的财产重新分配了！尔康少爷说，大家还是要分散带着钱！来，我们赶快把钱袋藏藏好！今晚，我会把一些首饰缝进我们的内衣里，那就不容易被偷了！"

大家收拾好钱袋。小燕子气得脸色铁青，咬牙大骂：

"我就是背！难得赌一次钱，又赢了，开心得不得了！结果碰到强盗土匪！怎么有这样坏的人？坏蛋！混蛋！王八蛋！臭皮蛋……害得大家丢了钱，损失那么多，都是我贪玩，我坏……我没用……"说着，啪的一声，打了自己一耳光。

紫薇急忙用手搂住她，安慰说：

"不要难过了！这不是你的错！看到斗鸡，你忍不住赌一赌，苦中作乐一下，本来就是人之常情！谁知道那些摆赌局的人那么坏……这些坏人，一定不会有好报！我们不要让他们破坏了兴致！好在，尔康他们的盘缠都在，马车上还有我们的一些衣服，所以，我们凑合着，还过得去！你就不要怄了！"

小燕子用手压着胃，一气之下，胃痛的老毛病又发作了：

"可是……我就是很怄啊！我的黑毛，也给他们偷走了！"

紫薇笑了，说：

"黑毛被偷走，我倒要谢天谢地！坦白说，我可以跟你'有福同享，有难同当'，但是，要'有鸡同睡'，我实在做不到！"

小燕子惊看紫薇：

"盘缠都丢了，你怎么还笑得出来？"

"李白有两句诗写得最好，'天生我材必有用，千金散尽还复来'！意思是说，老天创造了我，我一定有用！就算千千万万的财产，用完了还会再来！"

"哇！这个李白，总算说了两句我爱听的话！'天生'什么？"

"天生我材必有用，千金散尽还复来！"

"天生我材必有用，千金散尽还复来！诗是写得很好，可是，我不知道千金被我弄丢了，怎么'再来'？"小燕子说着，就突然敲打车顶，大喊，"柳青、柳红！停车！停车！"

柳青、柳红不知道发生了什么大事，急忙停车。尔康、永琪、萧剑也勒住马。

小燕子从马车里跳了出来，毅然决然地说：

"尔康，你带着大家往前走！永琪，你陪我回到那个红叶镇去！我想来想去，咽不下这口气，我还要找那两个混蛋算账！"

柳红急了，大喊：

"小燕子，不要出花样了！这个节骨眼，大家最好不要分开!"

小燕子哪里肯听,拉住永琪的马缰,急急地说道:

"永琪!我们快马回去,抢回我们的东西,打他一个落花流水!然后再快马跑过来加入大家!走吧!"

"不行!那个红叶镇已经都是官兵了,你还要回去送死!小不忍则乱大谋!东西丢了就算了!"尔康正色阻止。

"什么'小人大'?我不服气,我气得胃也痛,头也痛……"小燕子叫,"永琪,你到底要不要陪我回去?"

"尔康说得有理,我们好不容易跑了这么远,哪有再回去的道理?你到马车里去,不要胡闹了!"永琪说。

小燕子捧着胃跳脚:

"不行不行嘛!如果不去把东西找回来,我会恼死,难道你们要我死吗?哎哟!气得我胃痛、头痛、浑身都痛!"

箫剑忍不住了,策马过来,伸手给小燕子,有力地说:

"上马!我带你去要回我们的东西!"

小燕子大喜,伸手给箫剑,嘴里大喊:

"箫剑!你真好!你真是我的'哥们'!是我最好最好的朋友!"

箫剑就一把拉起小燕子,把她拉上了马背,回头对众人喊道:"你们先走一步!我们马上回来!小燕子的安全,我会负责!驾……驾……驾……"箫剑一拉马缰,就带着小燕子,绝尘而去了。

尔康、永琪大惊。永琪急喊:

"小燕子……小燕子……我也去!"

永琪勒马要跑，尔康一把拉住了永琪的马缰，急喊：

"不要再去了！冷静一点！我们在这儿等一会儿，不要一个追一个，大家越来越分散！箫剑的武功够好，他会保护小燕子的！"

永琪看着人影都已不见的小燕子，又急又气。这一下，轮到他胃痛头痛了。

箫剑带着小燕子，一口气冲回了红叶镇。

他们很快就找到了大庙口十六号，箫剑下了马，走上前去，站在门口，大喊：

"张全！魏武！大生意来了……有人要你们摆场子……"

两个斗鸡老板欢天喜地出门来：

"谁要摆场子……"

老板话没说完，小燕子从箫剑身后飞跃而出，劈手给了那老板一个耳光。

"赶快把我们的东西还来！"小燕子大叫。

"哟！是你！什么东西还来？钱都给你赢去了！你还不够吗？"斗鸡老板惊喊。

箫剑上前，抓住张全和魏武，让他们头对头一撞，撞得两人大叫。

小燕子就砰然一声，破门而入。

门内，几个大汉迎了过来。一看是小燕子，个个抱头鼠窜：

"我们好男不和女斗！"

箫剑拉着两个老板，拦门而立，见到大汉奔出，就用两个老板当武器，乒乒乓乓地打向众人。一时之间，这个叫爹，那个叫娘，打得众人摔的摔，飞的飞，跌了一地。小燕子就满屋子寻找，一眼看到自己的包袱，大叫："包袱在这里！"再找，在屋角找到了一把熏香，大喜："萧剑！我找到熏香了！你把他们两个倒提起来，我要用他们的鼻孔当香炉，插上这些熏香，好好地熏他们一下！让他们自己尝尝熏香的味道！"

"好！这个方法好极了！以其人之道还治其人之身！"萧剑说。

小燕子听不懂"以其人之道还治其人之身"，接口说：

"什么七人六人，我也没数，那些走狗就算了，我们先治这两个坏蛋！"

萧剑就把两个老板打倒在地，先把张全倒拎起来。

张全还弄不清楚小燕子要做什么，喊着：

"那个不是熏香，是我们供菩萨用的香，我们只是偷了你们的包袱，没有用什么熏香……"

"哦？是供菩萨的香？我就把你供起来！"

小燕子说着，点燃了几根熏香，就对着张全的鼻孔一插。

张全顿时杀猪般叫了起来：

"女王！饶命啊！饶命啊！阿……阿……阿嚏！"

他打了一个大喷嚏，熏香掉了几根出来，小燕子抓起熏香，再对他鼻孔一插。

"你如果再敢打喷嚏，我就把你的鼻子割掉！"小燕子气势汹汹，威胁地喊。

"啊……啊……"张全不敢打喷嚏了，拼命忍住喷嚏，眼泪直流，"女王！饶命啊！饶命啊！"

萧剑厉声问：

"钱袋在哪里？赶快交出来！"

魏武一看这种状况，已经吓得屁滚尿流，从地上爬了起来，浑身发抖地说道："我拿……我拿……"就去墙边一个坛子里，拿出两个钱袋："只有两个了，其他的……都分掉了……分掉了……"

小燕子劈手夺回了两个钱袋，掖在身上，一脚踹翻了魏武：

"居然把我们的钱分掉了！混蛋！这个也不能饶！今天，我让你们两个变成熏鸡！"

张全已经被熏香熏得头昏脑涨了，萧剑一松手，他就瘫倒在地。

萧剑就拎起魏武，喊：

"小燕子！第二个香炉又来了！"

"两位好汉！两位英雄！我错了！我不敢了……姑奶奶救命啊！"魏武惨叫。

小燕子把燃着的熏香再插进魏武的鼻孔，嚷着：

"姑奶奶有仇必报！"

"哎哟……哎哟……哎哟……"魏武惨叫连连。

"以眼还眼！以牙还牙！过瘾！"萧剑大笑着说，一松手，魏武也摔落在地。

小燕子睁大眼睛问：

"什么眼啊牙啊？你的意思还要在他们眼睛里和嘴里也点熏香吗？"

两个老板吓得魂飞魄散，抖成一团，颤声喊着：

"两位大英雄，两位活菩萨！饶命啊……小的给您磕头了……磕一百个头，一千个头，一万个头……阿嚏！阿……嚏！阿……嚏！阿……嚏……"

两人就被熏得连续不停地打喷嚏。

箫剑一拉小燕子，说：

"我们走吧！此地不能久留！钱，追回一点是一点！气出了就行了！"

"是！"小燕子有力地回答。

小燕子拎起包袱，两人飞快地出门去。

箫剑一吹口哨，马儿奔来。箫剑弯腰，拾了一把石子放在口袋里。

二人跃上马背，疾驰而去。进到红叶镇的市区，就看到几个正在沿街询问的官兵，那些官兵被马蹄声惊动了，用长枪一拦，喊道：

"什么人？赶快下马！我们要检查！"

"检查？谁会给你检查？"

箫剑说着，手一扬，手里的几颗石子像箭一样射向官兵，官兵一阵"哎哟哎哟"，摸脖子的摸脖子，摸脑袋的摸脑袋，摔落地的摔落地。

箫剑带着小燕子，已经急冲而去了。

小燕子兴奋得不得了，嚷着：

“你用什么打他们？你还会暗器？那是什么东西？”

“几颗小石子而已！”

尔康、永琪、紫薇等人，一直在原地等萧剑和小燕子。他们在山谷中，引颈翘望。大家都急得不得了，永琪更是一脸的焦灼和郁闷。

“怎么还没有回来？去了好半天了！这么任性，想干什么就干什么，一点责任感都没有！那个萧剑也是，就这样由着她胡闹！”永琪烦躁地说。

“你不要着急，”紫薇安慰地对永琪说，“萧剑很知道分寸，如果他没有把握，他不会带着小燕子折回红叶镇，既然他这么做，一定是信心十足的！”

“我知道萧剑本领大，功夫好！”永琪大声说，“可是，他不了解小燕子，小燕子的突发状况，他根本不能应付！”

尔康拍拍永琪的肩：

“小燕子的突发状况，是任何人都无法应付的！着急也没用了！只好等！这也让我想起一件事来！我们这一路，像今天这种分散的局面，可能还会再发生，我觉得，需要研究一个办法，万一大家分散了，怎么再团聚？不能一个等一个，万一等不到同伴，说不定等来敌人！”

“对极了！我提议，如果分散了，我们沿路做暗号！这样，万一谁被敌人俘虏了，也可以告诉别人，到哪儿去救。”柳青点头说。

“好！我们每人都有一个简单的暗号，例如，我是一朵小花，我们用尖锐的石头，或任何可以画画的工具，在墙角或是树干上面，刻下暗号，再刻一个箭头，标明去向！"紫薇说。

"我不会画画，我就用一个圆圈代表！"柳红说。

"那……我是一把锁，我就画一个锁的样子！"

"锁太复杂了，你就画一个叉叉就好了！"柳青接口，"我姓柳，我画一条细长的柳条儿。"

"我写一个'五'字。"永琪说，"小燕子是一只鸟，箫剑简单，画一把剑，或是一支箫都可以！尔康，你呢？"

"我就画一张笑脸好了！"尔康说，"就这么说定了！大家记好自己的暗号，如果时间紧急，没办法画暗号，就只好沿路丢下一些身边的东西，例如帕子、簪子、玉佩带子、腰带……我想，一个人挂单的情况是绝对不可能发生的，但是，两三个人分散是很可能的！我们未雨绸缪，总是万无一失！"

大家正说着，小燕子和箫剑快马奔来了。

众人精神一振。

小燕子老远看到众人，就挥着手大喊：

"永琪！尔康！紫薇……我们回来了……"

大伙迎上前来，小燕子翻身落马，她笑得像阳光一样灿烂，从腰间拿出两个钱袋，往永琪手里一塞：

"瞧！没有白跑吧！我们追回了两袋钱！其他的，居然给他们分掉了！箫剑说不能耽误，所以就急忙回来了！"

"你把他们打得落花流水了吗？"永琪问。

小燕子欢笑着：

"那些王八蛋，胆敢拿熏香熏我们，所以，我把他们当作香炉，插了一鼻子的熏香，现在，他们八成已经成了熏鸡！"

"真的吗？"尔康听得匪夷所思，看箫剑。

"如假包换！"箫剑笑得和小燕子一样灿烂，"这个小燕子，报仇的方法别树一帜，我服了！"就脸色一正，看大家："我们赶快上路吧！追兵已经在搜查红叶镇，我想，我们的行踪已经被发现了！"

众人赶快上车的上车、上马的上马。

紫薇、金琐、小燕子上了车。小燕子往坐垫上重重地一坐，佩服地说：

"紫薇，你不知道，那个箫剑好了不起，他还会暗器耶，拿了几颗石子，就把追兵打得哇哇叫！"

紫薇深深地看了小燕子一眼，伸手握住她的手。

"小燕子，你跟那个箫剑，保持一点距离吧！"

"就是嘛！"金琐瞅着小燕子，"你没看到五阿哥的脸色吗？你把人家当'哥们'，五阿哥可不这么想！"

小燕子愣了愣，这可是她压根儿没想过的问题，她瞪着车窗外，出起神来了。

两个格格失踪好久了，五阿哥和尔康、金琐也跟着不见了。漱芳斋变得那么冷清，那么安静，那么寂寞。小邓子、小卓子、明月、彩霞四个，觉得日子都快过不下去了。这天，四个人围着那只鹦鹉，满脸凄凉地听鹦鹉喊叫：

"格格吉祥！格格吉祥！"

小卓子好难过，骂道：

"小骗子！你真是笨！以前格格在家的时候，要你说一声

'格格吉祥'，比登天还难！这会儿，格格都走了，你倒是每天喊'格格吉祥'！你是不是存心要让我们几个伤心呢？"

"不知道两位格格现在在哪儿。"小邓子喃喃自语着，就祈祷起来，"上有天，下有地，天地君亲师全体保佑，保佑两位格格大难不死，逢凶化吉，身体健康，事事如意！千万千万不要被追兵抓到！"

"天气越来越冷了，"明月担心地说，"两位格格的衣服不知道够不够。我做了两件棉袄，可又不知道怎么送去给她们。"

"你真笨！这时候，做什么棉袄？"小卓子看明月。

"做总比不做好！格格回来的时候，还可以穿呀！"彩霞说。

"回来？怎么可能再回来？"小邓子瞪着眼睛说，"皇上要砍他们的脑袋呀！抓回来就没有脑袋了，所以，大家还是祷告两位格格不要回来吧！"

彩霞伤心起来：

"两位格格走了，金琐走了，五阿哥和福大爷也走了……这个漱芳斋就变了一个样，连皇上、老佛爷、皇后他们，都不来漱芳斋了！每天这么静悄悄，我觉得简直活不下去，好想格格她们啊！不知道这一辈子，和她们见得着，还是见不着了。"

"你不要再说了，再说，我就要掉眼泪了！"明月就擦起眼泪来。

明月一掉泪，彩霞就跟着掉泪了。两个宫女一掉泪，两个太监也擦泪了。

几个人正伤心，外面传来太监大声的通报：

"皇上驾到！"

小邓子抬头看着鹦鹉，握着拳头骂道：

"不要再骗我们了，骗也骗不到了！两位格格不在，别说皇上，阿猫阿狗都不来我们这儿了！你住口！不要再喊'皇上驾到''老佛爷驾到'了！你吓不了我们，只会让我们伤心而已……"

小邓子话没说完，觉得有点不对劲，猛一抬头，赫然发现乾隆站在面前。

小邓子这一惊，非同小可，急忙跪下，大喊：

"皇上吉祥！皇上万岁万岁万万岁！"

小卓子、明月、彩霞才惊觉地把视线从鹦鹉身上调回来，一看，大惊，全部匍匐于地，发抖地磕头喊：

"皇上吉祥！"

乾隆看着他们几个，脸上，是一片萧索的神情。

"你们在做什么？"

"回皇上，没做什么，在喂鹦鹉！"小卓子回答。

"喂鹦鹉啊？"乾隆困惑地看着众人，"喂鹦鹉怎么把大家的眼睛都喂得红红的？"

"万岁爷，"明月眼泪一掉，"奴婢们喂着鹦鹉，就想起格格们来了！想起格格们，就忍不住伤心了！"

"哦！"乾隆颇为震动，抬头看着那只鹦鹉，眼前，不禁浮起鹦鹉大闹御花园，小燕子满院子追鹦鹉，把太后、皇后撞得七荤八素的情景。那种热闹，转眼间，已成追忆了。他想着想着，就有些感伤起来，看着鹦鹉，出神地问："这只鹦鹉，名字叫作'坏东西'，是不是？"

彩霞见乾隆和颜悦色，有些安心了：

"回皇上，本来名叫'坏东西'，后来，格格给它改了名，叫'小骗子'！"

"坏东西，小骗子！小燕子养的鸟儿，都像小燕子……"乾隆喃喃地说，四面看看，情绪寥落，心想，这个漱芳斋，怎么这样冷冷清清的？事实上，整个皇宫，都是冷冷清清的！乾隆想着，就在椅子里一坐："彩霞，给朕泡一杯茶来！"

"是！"

两个丫头就忙着泡茶。小邓子、小卓子忙着去端点心。

乾隆捧着茶，喝了一口，眼前浮起紫薇的影像：

"这是西湖的碧螺春，听说皇上南巡时，最爱喝碧螺春，奴婢见漱芳斋有这种茶叶，就给皇上留下了！您试试看，奴婢已经把外面的叶子摘了，只留了叶心的一片，是最嫩的！"

乾隆出起神来，眼前，又浮起小燕子的影像，看到她调皮的脸孔：

"皇阿玛！你不是人，也不是鬼，你是神啊！"

乾隆正在出神，窗前的鹦鹉忽然大叫：

"格格吉祥！格格吉祥！格格吉祥……"

乾隆整个人从椅子里弹了起来，惊喜地四望，难道是她们回来了？

彩霞屈了屈膝：

"皇上，是那只鹦鹉，它总是这样，一天到晚骗我们！"

乾隆颓然地坐下，感到心中一阵抽痛，心想：

"那两个丫头，闯下滔天大祸，犯下几百几千个'欺君大罪'，可是，朕为什么还是这样怀念她们呢？还有永琪和尔康，他们到底流落何方呢？有没有吃苦呢？"

乾隆正在思索中，外面传来太监大声的通报：

"令妃娘娘到！"

乾隆抬起头来，只见令妃带着两个大臣，急步而入，看到乾隆，赶紧请安：

"皇上，到处都找不着您，原来您在这儿！祝大人有急报！"

两个大臣就甩袖一跪：

"皇上吉祥！臣祝祥叩见皇上！"

乾隆震动地问：

"你们是不是找到他们了？"

"启禀皇上！已经发现他们的行踪了！皇上曾经指示过，如果发现踪迹，要先行禀告皇上！所以特地前来回报！"大臣说。

"他们在哪儿？"乾隆精神一振。

"回皇上！在六河沟境内，有个正义村，他们在几天前，曾经在那儿救下一个要遭火刑的姑娘！据描述，武功身手、男男女女，都和两位格格、五阿哥、福大爷完全相似！我们已经派了最好的好手，继续去追踪了……但是，不知道皇上要如何处置他们！他们身边，还有武功高手，如果要擒拿，恐怕会有伤亡！"

乾隆一拍桌子，怒道：

"什么'恐怕会有伤亡'？朕已经说了多少次，要'活捉'他们！一个都不许伤害！你们赶快派武功高手去，就是把六河沟给朕拆掉，也要把他们全体捉回来！知道吗？"

"喳！臣知道了！"大臣躬身要退。

"回来！"乾隆喊，"朕再告诉你们一次，不许伤害他们！要'毫发无伤'地捉回来，懂了吗？快去！"

"臣遵旨！"两个大臣惶恐地退了出去。

令妃走到乾隆面前，深深地看着乾隆，对乾隆屈了屈膝：

"皇上，你的'毫发无伤'，让臣妾感动极了！如果真把他们捉回来了，能不能再网开一面呢？"

乾隆看着令妃，默然不语。

在坤宁宫里，皇后和容嬷嬷也在密谈。

"什么？发现踪迹了？皇上说'毫发无伤'？没有错吗？不是'格杀勿论'吗？"皇后惊异地问容嬷嬷。

"不是！巴朗说，皇上说的是'不许伤害他们'！"

皇后瞪着容嬷嬷：

"这……代表什么意思？皇上心软了？"

"娘娘！依奴婢看，皇上经过了这一段日子，恐怕气也消了，对于香妃娘娘的事，也认了！说不定又怀念起那两个丫头来，毕竟，五阿哥是皇上最爱的儿子！人都一样，就连皇上也一样，在失去一个人的时候，往往最想念那个人！皇上会去漱芳斋，就是一个明证！奴婢觉得，五阿哥如果回来，恐怕会'死灰复燃'!"

"死灰复燃?"皇后不敢相信的,"他们犯下那么大的滔天大祸,怎么可能再'死灰复燃'?就算活捉了回来,也是关一辈子的监牢了!"

"关不关,是皇上的一句话!杀不杀,也是皇上的一句话!原谅不原谅,也在皇上一念之间啊!"

皇后沉吟着,一甩帕子,毅然抬头:

"你去把巴朗叫进来,我要跟他密谈!"

"喳!"

逃亡中的紫薇尔康等人,这天晚上,走到一个很荒凉的山区。大家又累又冷,却找不到一个可以栖身的地方,好不容易,发现在山坳里,有一座破庙。尔康和永琪带头,手里都举着火把,走进破庙。紫薇、小燕子、萧剑、柳青、柳红、金琐等人跟随,进了破庙,只见许多狰狞的佛像,在火把的光影下摇摇晃晃,四周阴风惨惨,暗影幢幢。金琐缩着脖子,几乎躲到柳红的怀里去了,害怕地说:

"我们今晚真要住在这儿吗?我觉得这里阴森森的,好可怕!我宁愿睡到马车上去!也不愿意睡在这里!"

"我也是!我也是!"小燕子立刻回应。

"不要挑三挑四了!"尔康很权威地说,"外面怎么能睡?已经快入冬了,夜里好冷!睡马车会冻病的,这儿好歹可以遮风避雨!瞧,墙角那儿有稻草,我们把稻草铺在地上,把马车上的棉被拿来盖,大家打地铺,将就将就!"

柳青、柳红就去搬稻草。谁知,蓦然之间,稻草堆里跳出一个瘦筋筋的人来，披头散发，阴森森的，声音平平地说：

"我是鬼！你们连鬼的稻草都要抢，不要命吗？"

柳红大骇，回头就跑，大叫：

"有鬼！有鬼！有鬼呀……"

柳红这一叫不要紧，金琐吓得一个尖叫，抱住了小燕子：

"有鬼！有鬼！快逃！快逃……"

小燕子往外就跑，差点把紫薇撞翻，几个姑娘抱在一起，乱喊乱叫。

尔康不信邪，用火把一照，只见各个角落，披头散发的男男女女，全部现形，一个个人影绰绰地站了起来，发出鬼哭狼号之声：

"呜……呜……呜……"

"啊……啊……啊……"

众鬼就张牙舞爪地，行动缓慢地逼近过来。

紫薇、金琐、小燕子、柳红吓得尖叫着，往外飞奔。

永琪急忙护着小燕子，喊：

"小燕子，别怕，有我挡在前面，谁都伤害不了你！"

"大家不要乱！不要跑！"尔康急呼，气势凛然地说，"我要看看这些鬼，长得什么样子。生平没看过鬼，今天见识见识也好！"

尔康这样一说，永琪也大声回应：

"对！我也没见过鬼！今晚，我们的运气真好，可以大开眼界了！尔康，让我们照照看！"

尔康和永琪说着，两人就带着一股大无畏的精神，拿着火把，直送到一个鬼的面门上。只见那个鬼长发披肩，尔康就大吼一声：

"看样子，你是个长发鬼！我先把你的头发胡子烧了再说！"

尔康就用火把去烧那个长发鬼的头发胡须。

长发鬼大惊，差点被烧到，急忙后退，嚷着：

"你怎么比鬼还凶？"

尔康怒喊道：

"我们已经是虎落平阳了！被追兵追赶，被强盗土匪偷抢……现在，还要被鬼欺负！这是什么世界？男鬼女鬼，你们通通上来吧！看看是鬼厉害，还是人厉害！"

尔康说着，就用火把，去烧那个长发鬼。

长发鬼闪避着火把，脚下一绊，居然摔了一个狗吃屎，顿时呻吟起来：

"哎哟！哎哟……"

尔康就一脚踩在长发鬼的胸口，大声问：

"你是一个什么鬼？给我说清楚！不说清楚，我再踩死你一次！"

长发鬼在地上打躬作揖起来，喊道：

"好汉饶命啊！我们没办法啊……除了装鬼，大家活不下去啊……"

"原来是些假鬼！"柳青大喊，"我就说，这些鬼连菩萨都不怕，也太嚣张了吧！"就回头喊："金琐、紫薇！不要怕！是假鬼！"

"多找一些火把来，让我们把这些假鬼看看清楚！"萧剑也喊。

柳青、柳红不害怕了，大家在墙角找来许多火把。火把一一点燃，大家拿着火把一照，只见那些"鬼"，全是一些衣不蔽体的乞丐，个个披头散发、面黄肌瘦。老人孩子都有，看来非常可怜。"长发鬼"就跪在地上，磕头说道：

"各位好汉，各位女菩萨……请高抬贵手啊……我们已经三四天没吃东西了……我们都是一些没有家的可怜人啊……平常就去城里镇上要饭，晚上在这儿装鬼，混一个可以睡睡觉的地方，要不然，镇里的人不许我们住在这儿，要赶我们走，大家实在是没有办法啊……饶命！饶命……"

大家惊魂甫定，这才恍然大悟，都不可思议地看着那些"鬼"。小燕子害怕心一除去，同情心就来了，瞪大眼睛问：

"你们已经好多天没吃东西了吗？通通都没有吃吗？真的吗？"

一个"女鬼"爬了过来，手里还牵着一个孩子，对着大家又跪又拜：

"可不是！又冷又饿，孩子又病了，眼看就快死了……姑娘！请行行好……赏一口饭吃吧！"

紫薇回头就喊：

"金琐！我们马车上不是还有干粮吗？快去拿来，还有那些药材，都拿一点过来，还有，拿几件用不着的衣服过来，还有……棉被也抱两条过来……"

"是！"金琐往外走。

"我陪你去拿!"柳青说,打着火把给金琐照亮。

那些"鬼"喜出望外,全体爬了过来,跪了一地,磕头如捣蒜:

"男菩萨!女菩萨!活菩萨!皇天菩萨!救命菩萨!"

结果,大家把车上的米、干粮、棉被、衣服……都搬进了破庙。

一会儿以后,庙里已经生起熊熊的柴火。柴火上,煮着一锅香喷喷的饭。众乞丐围着火堆,坐在那儿,个个身上,都披着小燕子等一行人的衣服,嘴里,狼吞虎咽地吃着干粮。两条棉被,盖着几个老人和孩子。

尔康等人忙得不亦乐乎。柳青、箫剑不断把新砍的柴火送了进来。

尔康、永琪不停地把马车上的米、玉蜀黍、红薯等东西搬过来给大家。

紫薇忙着分配衣服给大家。

柳红、金琐拿着药膏,在给几个身上有伤口的人擦药。

小燕子干脆拿着钱袋,分发银子给大家,嘴里还潇洒地说:

"这些银子,本来已经丢了,假若我和箫剑不去抢回来,根本就没有了!现在,分给你们这些可怜的人用,总比给那些赌鬼抢去好!"

乞丐们烤着火,吃着干粮,盖着棉被,穿着衣服,上着药,领着钱……个个都是一脸的不敢相信,嘴里不断地喊着:

"男菩萨!女菩萨!活菩萨!救命菩萨!皇天菩萨……"

这晚，轮到柳青守夜，他坐在庙门口，仰望着天上的月夜，觉得有点凉意。

忽然，有件衣裳披在他的肩上，他一回头，接触到金琐温柔的眼光。金琐递上一杯热茶，柔声说：

"好冷！喝点热茶，一来可以暖暖身子，二来也可以提提神！"

柳青接过了茶杯，金琐就在他身边坐下。

"怎么？还没睡着？"柳青问。

"睡不着！大概在庙里睡觉，还是不习惯吧！我看小姐也睡不稳，倒是小燕子，睡得好香，还打呼呢！"

"小燕子就是这样，天塌下来，她也不会烦恼，像个男孩子一样！"柳青一笑，"紫薇就不同了，想得多，想得细，又比较敏感……失去那个'老爷'，小燕子伤伤心就过去了，紫薇大概是忘不掉的！"

金琐仔细地看柳青。柳青一怔：

"干吗这样看我？眼光怪怪的？"

金琐就诚挚地问道：

"柳青，你还在喜欢她吗？"

"喜欢谁？"柳青愣了愣，逃避地问。

"不要在我面前装疯卖傻了，你怎么瞒得过我呢？"金琐说，"我一直都知道，你好喜欢小姐！现在，你还是那样喜欢她吗？"

"哈！"柳青看看天空，"今晚月亮很好！"

"我不跟你谈月亮，我又不是小姐，能够背一大堆月亮诗出来给你听，你也不是尔康少爷，能背一大堆诗来回应她！我问你这句话，是因为我心里好难过，有个疙瘩一直拴在那儿，我也没有一个人可以说说，也没有亲人可以听我！我都不知道该怎么办才好。"金琐叹了口气。

柳青关心起来：

"什么事情那么严重？"

"我跟你说，可是，你不要告诉别人！"

"是！"柳青郑重地看着她。

金琐就坦白地说出了心事：

"你知道，小姐本来把我许给了尔康少爷，但是，几个月以前，她和尔康少爷告诉我，这个许配不算数了，因为，他们不要耽误我……尔康少爷说得很坦白，他说，他全部心思都在小姐身上，没有地方可以容纳我！"

柳青一震，不禁深深地看着金琐，专注起来。

"当时，我像被雷打到，觉得整颗心都被掏空了，活不下去了！那时，好想来投奔你和柳红！可是，想想，我和小姐从小在一起，离开她，我太心痛了！所以，我就勉强自己，去接受这个事实！我觉得我也想通了，想开了，但是……"

柳青明白了，接口：

"但是……尔康在你心里已经生根了，要你砍断这条根，你会痛！你整天和他们在一起，避不开他们，只能痛在心里！"

"你明白了！"金琐震动地说，注视着他。

柳青就凝视她，非常真挚地说：

"这个事情，除非你自己救自己，没有人能够帮你！让我把我的经验告诉你，心痛的感觉，是一种过程，你会度过这段时间的！等你度过了，你会豁然开朗，觉得天地很大，没什么了不起！"

"是吗？"

"是！"柳青点点头，看看天空，沉吟地说，"我的心事你知道，你也看出来了！但是，你看看现在的我，多么潇洒！我跳出了那份自私的、想独占的感情，再来和紫薇、尔康做朋友！因为他们两个都那么好，我喜欢了他们两个！非但没有排斥，没有醋意，反而对他们充满了祝福的心！当我走到这一步的时候，我就一点都不痛苦，我以得到他们的友谊和信任为荣！"

金琐眼睛发光地看着他：

"是吗？你已经不再苦恼了？"

"一点也不苦恼，我把一份'小爱'化为'大爱'了！我们活在这个世界上，不是你想要什么就可以有什么，如果得不到一样东西，还要死乞白赖地赖着那样东西，未免太没志气了！得不到的东西，我们还是可以站在欣赏的角度，去欣赏它的美好！"柳青一甩头，"男子汉就是这样！"

金琐看着他，但见柳青脸上，那股男儿气息，散发着光彩。她就托着下巴，深思起来，半晌，才说："跟你一谈，我也觉得开朗了好多，我应该跟你学学！"就学着柳青一甩头，有力地说："小女子也该这样！"

柳青欣赏地看着她，两人对视，那种"同是天涯沦落人"的感觉，就把两人的心，微妙地牵系在一起了。

第七章

第二天，大家又继续上路。小燕子、紫薇和柳红乘车，柳青和金琐驾车，尔康、萧剑、永琪骑马。三个骑士，一面策马前行，一面谈着。

"这下好了，"尔康说，"东西丢的丢，送人的送人，我看，我们还没走到四川，已经会'无物一身轻'了！"

"那也不错！"永琪话中有话，"反正钱财是身外之物，说不定什么都没有了，我们反而轻松一点！最起码，不怕有人来偷东西，也不必快马回去找寻，让等的人捏一把冷汗了！"

萧剑看看永琪，感到他那种不满的情绪了，哈哈大笑着：

"哈哈！算我多事了！不过，那个'迷魂香'是我最最深恶痛绝的东西！如果小燕子不闹着回去的话，我也会一个人跑一趟的！这种下三烂的方法，实在让人忍无可忍！"

"好了，事情过去就算了！"尔康急忙打圆场，"以后，大家尽量行动一致、做法一致！非不得已，绝对不要分散！"

"一言为定，就这么办！"萧剑爽朗地答道。

永琪也就一笑置之了。

车车马马来到一个峡谷，四周岩石嵯峨。

车内，小燕子拍了拍车顶。大喊：

"停车！停车！"

柳青一拉马缰，车子停下，大家也跟着停下。柳青扬着声音问：

"你又怎么了？"

小燕子跃下马车，往岩石后面跑，嘴里嚷着：

"没办法，总有些'大事、小事'是必须马上解决的！"

"我陪你去！"柳红也跳下马车，不放心地说。

"我也顺便去一下！"金琐跟着跳下车子。

小燕子埋着头往岩石后面奔，忽然，一头撞在一个黑衣人身上。小燕子一惊，慌忙抬头看，只见眼前出现好多个黑衣人，她还来不及反应，就有张大网，对她当头撒下来。她大惊，急忙要躲，哪儿还躲得掉，被网了一个正着。小燕子大叫：

"什么人？我又不是鱼，你怎么用网子网我？混账！快放我！救命啊……柳红！永琪！萧剑……快救我啊……"

一个黑衣人扛起小燕子，就如飞地奔跑。随后赶到的柳红拔脚就追，大喊：

"尔康！永琪！快来啊……有埋伏！小燕子被敌人抓走了……"

金琐正往岩石堆跑，一看不妙，赶紧往回跑。岂料，一个黑衣人急蹿而来，把金琐往背上一扛，拔脚向另一个方向飞奔而去。金琐尖叫：

"救命啊……救命啊……柳青……柳红……"

变生仓促，箫剑、柳青、永琪、尔康大惊，全部跃下马，追了过来。

好多黑衣人从岩石上面、后面……一跃而出，拦住四人，各种武器，纷纷出手，和四人大打起来。一时之间，飞沙走石，刀光剑影，大家打得天昏地暗。

马车里，只有紫薇一个人在车上，从窗子往外看，看得心惊胆战。

突然，有几个黑衣人直扑马车和马。其中三个，跃上马背，把空着的三匹马全部骑走。

"驾……驾……驾……"

三匹马绝尘而去。

尔康回头一看，大惊失色，大喊："不好！紫薇一个人在车上！"大叫："紫薇……紫薇……"

尔康就回身，要去救紫薇，几个黑衣人扑上前来，恶斗尔康，竟然个个武功高强。尔康一时之间，脱身不得。

有个黑衣人，就迅速地跃上马车，一拉马缰：

"驾……驾……驾……"

马车飞驰而去。

车内，紫薇吓得魂飞魄散，尖叫着：

"尔康！尔康……尔康！救我……救我……"

紫薇就在颠簸的马车里，跌跌冲冲地爬到开着的门边，试图要跳车。

　　尔康大惊，拔身而起，跃出战圈，急奔向马车。他奋不顾身地跳上马车，和那个驾车的黑衣人一起摔下车。两人滚倒在地上搏斗着。

　　马儿惊慌地拉着马车，就在无人掌控的情况下飞驰。紫薇在马车里，被颠簸得摔倒在地，整个人滚来滚去，惊慌失措地喊着：

　　"谁来救我啊……尔康……尔康……"

　　车轮飞转，马蹄狂奔，马鼻子喷气，地上的石头被马蹄踹得飞溅起来……马车越跑越快，紫薇吓得魂飞魄散。

　　尔康一拳打倒了黑衣人，抬头一看，心惊胆战，狂喊：

　　"紫薇……紫薇……"

　　马车一个大大的颠簸，紫薇再也控制不住，竟从马车中跌落出来。尔康狂叫：

　　"紫薇……"

　　紫薇滚倒在遍是石头的荒地上，连续翻滚着。

　　尔康连滚带爬地扑奔过去，把紫薇一把抱住。

　　紫薇面无人色地看着尔康，低喊了一声："尔康！"就瘫倒在尔康怀里。

　　箫剑一面打，一面眼观四面、耳听八方，觉得情况不妙，大喊道：

　　"小燕子去了左边，金琐去了右边！永琪，我和你负责追小燕子！柳青，柳红，你们负责追金琐！"

萧剑喊完，就一声尖啸，聚集真气，用长剑的剑柄，迅如闪电地打向敌人，竟然在瞬息之间，将敌人纷纷打倒，黑衣人倒了一地。其他黑衣人，眼见已经虏获了两人，就彼此招呼着，全体撤退。萧剑大喊："我们追啊！如果散了，前面白河镇见面！"就回头大喊："尔康！白河镇！知道吗？"

萧剑和永琪，就急追着小燕子而去。

柳青和柳红，也急追着金琐而去。

尔康从地上抱起了紫薇，见她闭着眼睛，脸色惨白，额上红肿，吓得血液都快凝结了，一迭连声地喊：

"紫薇！紫薇！紫薇……"

紫薇睁开眼睛，恐惧地看着他，颤声问：

"小燕子……金琐……追回来没有？"

尔康呼出一大口气来。

"谢谢天！我以为你……"他放眼一看，只见那辆马车已经停下来了。

尔康就抱着紫薇，直奔向马车，嘴里不住口地说着：

"上了车，我再帮你检查，看你伤了哪里。不要慌……不要怕……有我！有我……"

小燕子被那个黑衣人扛在肩上，拼命地飞跑。她在网子里又叫又嚷：

"你是哪条道上的？亮出身份来！低级！下三烂！没格调！用暗算的，算什么英雄好汉？放我下来，我和你单挑……我们一对一打个痛快……"

那个黑衣人理也不理，只是飞奔。

小燕子气得不得了，挣扎着从头发上拔下一根发簪。她就用发簪狠狠地刺进黑衣人的背上。黑衣人大叫：

"哎哟！"

小燕子张开大嘴，又狠狠地咬在黑衣人的肩上。

"哇呀！我的妈……"

"快把我放下来！"小燕子大吼，"男子汉大丈夫，欺负一个弱女子，传出江湖，你还做不做人？"

黑衣人扛着她飞跑，不理她。小燕子没辙了，又气又急，就对着那个黑衣人的后脑勺吹起气来。黑衣人觉得后脑勺凉飕飕，大惊：

"你在做什么？"

"你尽管扛着我好了，我会一种'鬼吹风'，是我跟萨满法师学来的！只要我对着你的后脑勺吹十次，你会变成一具僵尸！"

小燕子就对着那黑衣人的后脑勺一直吹，嘴里数着：

"一次……两次……三次……四次……"

"变僵尸？没关系！我不怕变僵尸！"黑衣人无动于衷，仍然扛着她飞跑。

小燕子发现"吹气功"也没效，就从网洞中伸出手去，拉扯黑衣人的辫子。

"我把你的辫子扯掉！"

"哎哟！我的妈呀……"黑衣人喊着，仍然飞奔如故。

小燕子忍无可忍，大吼：

"不要叫妈了！再不放我下来，我要尿尿了！"

黑衣人大惊：

"你要做什么？"

"尿尿！你听不懂吗？"小燕子吼道，"我本来就是去岩石后面尿尿的，你扛着我就跑，跑了这么大半天，我快要憋死了！憋不住了……没办法了……"

黑衣人吓得赶快把她抛落地。

小燕子一落地，就要翻身而起，岂料，自己的身子却被人一脚踩住了。

小燕子睁大眼睛，往上一看，只见一群黑衣人围着她。一个大臣正得意地笑着，看着她，对她笑吟吟地说：

"还珠格格吉祥！臣李德胜参见还珠格格！"

小燕子瞪大眼睛，心想，这下完了！居然这么容易就被捉到了！她瞪着那个大臣，气冲冲地嚷：

"你们用暗算的！简直丢了大清朝的脸，回到宫里，我禀告皇阿玛，说你们联合起来欺负我，说你们不安好心，让你这个李得胜变成李大败！"

大臣一凛，还真有点忌讳，一抱拳说：

"格格请息怒！我们奉旨办事！委屈格格了！"

一辆马车从山坳中驶出。大臣恭敬地说：

"格格请上车！"

好几个人上前，割绳子的割绳子，捉住小燕子的捉住小燕子，大家七手八脚，拉拉扯扯，把小燕子押进马车中。

小燕子上了车，已经憋得脸红脖子粗，大喊：

"等一下！你们车上有没有马桶？"

"马桶？"大臣一愣。

"没马桶，我要去树林里一下！你们让开！"小燕子就要跳车。

大臣一把拦住车门，慌忙说：

"车上有！格格请在车上方便！"

小燕子就气势凌人地振臂狂呼：

"你们大家滚下去！都不要上车，我好歹是个格格耶！在下面去等着！"

"格格不要跟我们玩花样！我们人多，格格占不了便宜！"大臣疑惑地说。

"玩什么花样？"小燕子气呼呼地大吼，"我要尿尿！你们要憋死我是不是？如果我没打架打死，给尿憋死了，我才倒霉呢！你们在下面等着！谁敢偷看，我把他眼珠子挖出来，告他大不敬！"

那个大臣实在被小燕子闹得头昏脑涨。众黑衣人憋着笑，忍俊不禁。

大臣心想，上面再三交代，要"毫发无伤"地带回去，看样子，皇上对她还是顾念着的，好不容易抓到了，可别再把事情弄砸了！就赶紧把人马全部叫出来：

"大家外面等着！宁可信其有，不可信其无！"

黑衣人听到大臣这时还转文，都忍着笑：

"喳！"

众黑衣人就把一辆马车团团围住。

只听到马车里面一阵窸窸窣窣，大臣及众黑衣人"非礼勿听"，大家屏息凝神，眼观鼻鼻观心，也不敢有所谈论。

突然之间，车门砰的一声被打开，众人急忙拦住车门。小燕子却像箭一样，从窗口射了出来。

几个黑衣人一蹿，小燕子还是落在黑衣人手里。大臣躬身说道：

"格格还是上车吧！"

小燕子恨得牙痒痒，却无可奈何。

岩石后面，永琪和萧剑已经追来，永琪看到马车，就低声说：

"追到了！我们上！"

永琪说着，正要飞身而出。萧剑一把按住了他，低声说：

"高手太多了，我们寡不敌众，只能智取，不能硬来！你不要沉不住气，我们先跟着他们，到了晚上再行动！"

尔康带着紫薇，匆匆赶到了白河镇。

紫薇额头上有擦伤，手臂上的衣服都撕破了，腿上流着血。尔康再也顾不得住客栈危险不危险，住进了一家客栈。

紫薇困顿地坐在一张椅子里。尔康打了水过来，把她的裤管卷了上去，看到伤口在膝盖上，皮开肉绽，心疼得不得了。他拿着帕子，细心地为她清洗伤口。

"哎哟……"紫薇强忍着痛。

"弄痛你了？"尔康手一缩。

"没……没有……还好，还好。"

"你忍一忍，这个伤口一定要清洗干净。"尔康心疼地说，"要不然，伤口会溃烂！还好马车在，药品都没丢，跌打损伤膏也在!"

他细心地清洗完了,再细心地撒上药粉,撕了一块白布作为绷带,给她包扎好。

"好像摔得不轻,要不要请大夫?身上还有哪些伤,你要坦白告诉我,不要瞒着!"他凝视她,柔声地说,"解开衣裳,让我帮你检查一下好不好?"

"我还好……"紫薇赶紧摇摇头,"不要请大夫,我们不能再让人抓到!住客栈都太冒险了,应该去住农家。"

"你身上有伤,怎么能住老百姓家?只好冒险了!"

"这一点小伤算什么?过两天就好了!"紫薇满心记挂着小燕子和金琐,"不知道他们追到小燕子和金琐没有?你有留线索给他们吗?"

"当然!"尔康把紫薇抱了起来,"你去床上睡一睡,好不好?"

紫薇觉得头很晕,眼前有些模模糊糊,怕尔康担心,不敢说,就顺从地点点头。

尔康把她放上床,拉开棉被给她盖上,说:

"你躺在这儿休息。我去买一点吃的东西来。你想吃什么?"

紫薇伸手拉住他,摇了摇头。

"不饿吗?好久都没吃了!不把肚子喂饱,哪有力气应付追兵呢?"

"好怕你离开我……"紫薇松了手,勉强地笑了笑,"万一有人进来,像抢金琐、小燕子那样,把我抢走了怎么办?"

"我叫小二去帮我们买点包子馒头来吧！你说得对，我最好守着你！"

尔康就打开房门，吩咐小二买吃的。

尔康关照完了，折回床前，低头看紫薇，只见她阖着双眼，脸色苍白，看来非常憔悴。他觉得有些不安：

"紫薇，你确定你没事吗？"

紫薇伸手握住他的手，低低地说：

"尔康，我坦白告诉你，我有些不舒服，你不要害怕……我觉得，腿上那一点小伤没有什么，可是，我刚刚摔下马车的时候，撞到了头，我现在觉得头好痛……好想吐！"

"你怎么不早说？"尔康吓得直跳起来。

他弯下身子，去检查她的后脑，惊喊着说：

"不得了，肿了好大一块！紫薇，你听我说，我要去请大夫！你必须一个人留在这儿，我快去快回，好不好？"

紫薇紧紧地瞅着他。

"不好！你别离开我，我没什么，只是好晕！看你的时候……"她衰弱地微笑，"有一点模糊！大概休息一下就好了。"

尔康大震，着急地看了她一下：

"好好！我不离开你，我叫小二帮我去请大夫！"

尔康冲到门边，打开房门，一迭连声地叫小二。

小二奔到门口，尔康从怀里掏了一块碎银子，就往小二手里一塞：

"快去把镇上最好的大夫请来！快！"

小二看看银子，大喜，急忙应着，飞奔而去。

尔康折回床前，盯着紫薇，想到紫薇手指受伤那次的情形，心惊胆战：

"紫薇，头还晕吗？看着我！我们聊天，好不好？"

"你不要担心，我只是累了！"紫薇温柔地看着他，仍然微笑着，"自从离开那个回忆城，一直睡不好，真的有点累！"

尔康盯着她，心里非常害怕，不敢表达出来，坐在床沿上，握紧了她的手，后悔和自责就排山倒海一样地涌上心头：

"我不好！我一直没有考虑你的体力问题，上次那场大病，已经把你的身子掏空了。这次，实在不该这样马不停蹄地跑！让你有一顿没一顿，餐风饮露……刚刚，更不该跟着大家就去打架，把你一个人留在马车上，让你从飞跑的马车上摔下来……我真该死！"

紫薇伸手摸着他的脸，怜惜而宠爱地看着他，唇边，依旧带着微笑：

"可怜的尔康，跟我认识之后，就好倒霉！老是在这儿说自己这样错，那样不好……不要担心，我真的没有怎样！不会那么脆弱的啦！你放心……现在要担心的不是我，是小燕子和金琐！"

金琐确实不大好。她被黑衣人扛着，飞奔了好长一段路。

"放开我！你带我去哪里？求求你放掉我！我要和小姐在一起……"金琐喊着。

"你是还珠格格还是紫薇格格？"黑衣人问。

"我不是还珠格格，也不是紫薇格格，我是金琐！"

"管你金琐银锁！抢了再说！"

黑衣人扛着金琐，奔进了树林。树林里，接应的马车、大臣和官兵正在等着。

黑衣人把金琐摔在地上。

"秦大人！格格抢来了！"

秦大人兴奋地走来一看，大骂：

"笨蛋！什么格格？这不是格格！"

金琐急忙跪在地上，哀求道：

"我不是格格，我只是一个丫头，请你们放了我！"

"不是格格！也是钦犯！怎么能放？"秦大人喊，"给她绑上脚镣手铐！"

官兵们拿了脚镣手铐，来给金琐上绑。

这时，跟踪而来的柳青，突然从岩石后面，跃了出来，手里握着一把亮晃晃的匕首，一下子抓住了秦大人，把匕首抵在秦大人的喉咙上，大喊：

"放掉金琐，不然我杀了这个大人！"

柳红接着从岩石后面冲出来，抢了一把长剑，砍掉金琐的脚镣手铐。

众黑衣人立刻冲上前来和柳红大打出手。

柳青手一紧，秦大人喉咙上，血痕立见。柳青大叫：

"我们不想伤人！这个姑娘只是一个丫头，你们高抬贵手，我们也饶了这个大人！一个丫头换一个大人，你们不会吃亏！换不换？再不换，我就下手了！"

秦大人急忙喊：

"大家不要轻举妄动！"

众黑衣人呆了，怔在那儿。

柳红就抢下了金琐，拉着她飞奔。柳青仍然押着秦大人，说：

"麻烦秦大人跟我们一起走一阵，到了安全地方，我再放你！"

秦大人无奈地跟着走，众黑衣人亦步亦趋。柳青对黑衣人大叫：

"一个都不许过来！"

黑衣人投鼠忌器，站着不敢动。

柳红拉着金琐狂奔，但是，金琐跑不动，一连跌了好几跤。

这时，有个黑衣人悄悄地上了岩石顶端，居高临下，看着柳青。突然，那个黑衣人飞跃而下，把柳青撞倒在地。

秦大人立刻逃出了柳青的掌控，大叫：

"把那个丫头给我毙了！"

柳青急忙飞跃上前，要去保护金琐。但是，几个黑衣人扑了过来，拦住柳青、柳红，大家又恶战起来。

有一个黑衣人就抓起金琐，柳青一看不妙，飞身而起，扬起手里的匕首，一刀刺进那个黑衣人的手腕，黑衣人一痛，把金琐直直地摔了出去。旁边就是一个悬崖峭壁，金琐就从悬崖上一路滚落到悬崖下面。

"啊……"金琐狂叫着。

"金琐……"柳青也狂叫着。

"把那两个人给我抓起来……"秦大人嚷着。

柳青眼见金琐坠崖，肝胆俱裂，顿时怒发如狂，对着秦大人一拳打去，正好打中秦大人的脑袋，秦大人倒地。众黑衣人大惊，纷纷奔过来救秦大人。柳青趁此机会，就跃下了悬崖。

"哥……"

柳红也狂叫着，赶紧跌跌冲冲地滑落悬崖。

黑衣人忙着救秦大人，没人再来管他们。

金琐一路滚落悬崖，摔在一堆荆棘丛中，动弹不得。

柳青从悬崖上面连滑带滚地溜了下来，一路喊着：

"金琐！金琐！你怎样？赶快回答我一句……"

"柳青，我在这儿，可是，我动不了！"金琐挣扎着。

"不要乱动，我来了！"

柳青落到悬崖下面，直扑到金琐身边，查看她的手和脚：

"撞到头了吗？摔到哪儿？哪里痛？"

金琐惊魂未定，害怕地说：

"我不知道，我浑身都痛！那些黑衣人，还在不在追我？"

柳红也滑下了悬崖，奔了过来，嚷着：

"怎样？怎样？"

"我们把她架起来，赶快走！只怕那些追兵还会追过来！"

柳青和柳红就架起了金琐。金琐试着要走，左脚一落地，就剧痛钻心，忍不住痛得大叫：

"哎哟……我的左脚，不能站……哎哟……"

"我看看！"柳青蹲下身子，轻轻移动金琐的左脚。

金琐立刻痛得发抖：

"啊……好痛！好痛……"

"看样子，是脱臼了！要不然，就是骨头断了！"柳青说。

"那……怎么办？"柳红问。

金琐一屁股跌坐在石头上，满头冷汗，说：

"你们不要管我了，快回去保护小姐，我给抓回去就抓回去吧！我现在动不了……好痛……真的好痛……让我坐在这儿，自生自灭吧！"

"什么'自生自灭'？"柳青喊，"我怎么会让你在这个荒郊野外自生自灭？柳红，帮一下忙！我背着她走！这儿不能久留！"

柳红就扶着金琐，柳青蹲下身子，把金琐一背，就背上了背。

柳红不住抬头往悬崖上看：

"他们好像没有追下来……但是，我们快走吧！"

三人就急步而去。他们不分东南西北，在山野里一阵疾奔。走到黄昏时分，好不容易，看到山坳里有一户孤零零的农家。三人赶紧进去投宿，一对朴实的农村夫妇收容了他们，还把自己的卧房让给他们住。此时此刻，也不能省钱了，柳红把一块碎银子往农妇手里一塞，说：

"我们要借你家住一晚，拜托给我们一瓶酒，一把剪刀，一些干净的衣服，一些碎布！再弄一点东西给我们吃！如果有人找我们，就说没有看到，懂了吗？"

农妇看着手里的银子，不敢相信地睁大眼睛。

"哇！银子！是真的银子吗？"拿到嘴边，用牙齿咬了咬，大喜地奔出去，"娃儿的爹！有人给了咱们一块银子！"

"我们要的东西，赶快拿来！我的妹子摔伤了，要赶快治疗！再给我们一壶开水！知道吗？"柳红嚷着。

"有有有！要什么，有什么！我这就去办！米酒行吗？"农妇欢天喜地地问。

"什么酒都行！"

柳青把金琐抱上床。

金琐早已痛得面无人色，冷汗大颗大颗地从额上滴下来。柳青盯着她说：

"金琐，你要勇敢一点，跌打损伤，我还有一些办法！我先帮你检查一下，到底伤得怎样，看看我能不能治。现在，我们在这个荒山里，前不巴村，后不巴店。要想找大夫，是件不可能的事！只好自己来了！"

金琐点点头。

柳红拿来了剪刀和工具。柳青就剪开了金琐的裤管，看到已经肿胀的脚踝。

柳青用手抚摸脚踝的骨头。柳红在一边紧张地看着。金琐惨叫起来：

"柳青！不要……不要碰我……哎哟！好痛……好痛……柳青！算了！算了……哎哟……"

"骨头没断！"柳青松了口气，"只是脱臼了！我要把它接回原位！"

"怎么接回原位？你要做什么？"金琐害怕地问。

"你不要管我怎么做！忍一忍就过去了，我手脚很快！"

柳红倒了一杯酒过来，把酒倒在伤处上，再撕了一些布条作绷带，说：

"金琐！你信任柳青，他以前也帮人接过骨，在大杂院的时候，小虎子的脚摔断了，没钱治，也是柳青治好的，一点缺陷都没留！"

柳青就对柳红说：

"你抱住她！免得她乱动！"

柳红抱住了金琐的上身。

柳青就飞快地抓住金琐受伤的脚踝，用力一拉，再用力一送。

"啊……啊……啊……"金琐惨叫。

柳青已经用绷带，把那只受伤的脚，紧紧地包扎起来。金琐泪水和汗水齐下：

"我要死了，我一定马上就会死了……哎哟！哎哟……"

金琐头一歪，晕倒在柳红怀里。

金琐受伤，躺在荒山的小屋里。紫薇的情况也非常不好。

大夫到了客栈，仔细地诊视了紫薇。尔康紧张地看着大夫，着急地问：

"大夫！她怎么样？伤势严重不严重？"

"腿上的伤，只是外伤，手腕上的擦伤也没关系，比较严重的还是脑袋上那块撞伤！依我看，脑子里可能有血块！我先开一个活血化瘀的方子，马上给她熬了药服下！明天我再来瞧瞧！"

"活血化瘀是不是一定有效？如果没有效果，她会怎样？"

"她会一直头痛，会昏迷不醒，可能还会有一些其他的症状发生！但是，那个血块也可能过几天自己就消了！先不要太紧张！到现在，她都神志清楚，没有昏迷，证明并不是很严重！先吃药再说！"

尔康从怀里拿出一个银锭子，往大夫手里一塞。

"拜托，大夫，你去帮我抓药，用最好的药材，不要省钱！帮我熬好拿来，多少钱都没关系！我走不开！拜托！拜托！"

大夫一看那个银锭子，惊喜交加，急忙说道：

"我这就去抓药熬药！"

大夫离开了房间，尔康关好门，就急急地来到紫薇床前。紫薇瞅着他，说：

"你又在浪费钱了！怎么一给就是一锭银子？我根本没有怎样，现在也不想吐了。那个大夫有点夸张，什么脑子里有血块，哪儿有？我还想下来走动走动呢！"

紫薇说着，就掀开棉被，走下床来，谁知，脚下一软，整个人都差点跌倒在地。

尔康及时一抱，把她抱住了，心里又痛又急，大声说：
"你还不赶快躺好！为什么要逞强？你安心要吓我，是不是？总是这样，三天一大吓，两天一小吓，我都快被你弄得精神分裂了，你自己还不肯好好地休息，你要我拿你怎么办？"他一面喊，一面把她放上床。

紫薇被尔康一吼，脸色更苍白了，神情忧郁，嘴唇颤抖着。

"你……怪我?"她很气自己这么没用,语气不稳地问。

尔康心中猛地一抽,急忙用嘴唇贴在她的额上,急促地说:"我不是怪你!我大声,是因为我好害怕,好担心……每次你一受伤,我的心就揪在一起,五脏六腑都烧起来了!"他把她的手拿起来,压在自己心脏上,低头看着她:"我真的不是怪你,你已经摔伤了,我心疼都来不及,怎么会怪你呢?我怪我自己啊!"

紫薇好抱歉地凝视着他,轻声说:

"我休息一下,明天就没事了!你不要着急,我真的觉得很好!我睡一觉就好了!"

"那……你赶快睡!我守在这儿,陪着你!"

"如果小燕子和金琐回来了,你一定要叫醒我!"

"是!"

紫薇就闭上眼睛,不再说话了。尔康凝视着她,担心得一塌糊涂。

没多久,紫薇就昏昏沉沉地睡着了。尔康守在她身边,不只担心着她,还担心着没有消息的金琐和小燕子。此时此刻,怎是一个"愁"字了得?

第八章

这天晚上，小燕子被李大人带回到红叶镇，住进一家客栈。

小燕子手脚绑着，被推倒在床上。

李大人在小燕子面前一站。说：

"还珠格格，得罪了！你一路都在想办法逃走，我只好把你绑起来！今晚，就委屈你这样睡一晚，明天，我们再继续往北京走！这一路，恐怕要走好些日子，假若你一直这样不合作，受苦的还是你！"

小燕子四面张望。

"哈哈！你把我又押回这个红叶镇来了？我跟这个红叶镇真有缘，几天之内，来了三次！"她抬头看着李大人，转动眼珠，心想，好女不吃眼前亏！就语气一转，恳求地说："李大人！我不逃了！你那么多的高手看着我，我知道逃也逃不掉！我保证不逃了，你还是把绳子松了吧！这样绑着，很疼啊！"

"那可没法子！只好绑着！你的保证，我不敢相信！"李大人对几个守卫的黑衣人说，"看紧一点！"

"是！"

李大人就往门口走。小燕子喊：

"李大人！"

"你又有什么事？"李大人站住，回头问。

"李大人，你有没有老婆孩子？"

"我当然有老婆孩子！"李大人一怔。

"你有几个孩子？"

"你想聊天啊？"

"我不想聊天，我想要你把我的手脚解开！"

"那和我的孩子有什么关系？"

"当然有关系，不是说父亲欠的债，儿子要还吗？你今天把我绑起来，是一种'虐待'，你虐待我，有一天，也有人会同样虐待你的孩子！"

"那也没办法，我奉旨捉拿你！"

"你也奉旨'虐待'我吗？"小燕子大声问。

李大人又一怔，头痛地看着小燕子，心想，这个罪名可大了！上面再三交代，要"活捉"回去，还要"毫发无伤"，手脚上有了勒痕，不知道算不算"毫发无伤"？

小燕子看看李大人的脸色，夸大地说：

"李大人！皇阿玛如果知道，你现在把我的手脚都绑着，不让我吃东西、不让我喝水、不许我睡觉，还不许我上茅房……"

李大人吃了一惊，急忙说：

"我哪有不让你吃东西，不让你喝水，你刚刚不是才吃过晚餐吗？不许你睡觉，上茅房……更是从何说起？"

小燕子振振有词："你绑着我的手脚，我怎么睡觉？我当然睡不着！绑着手脚，怎么上茅房？你也绑着手脚去上上看！你这样'虐待'我，不只欺负我的身体，还欺负我的……我的……"想了想，想出来了："还欺负我的尊严！'士可杀不可辱'，你这样对我，不如干脆一点，把我杀了！"

李大人竟被小燕子的一团正气逼得一退，头有斗大地说：

"好了！好了！给她松绑！你们大家看牢了她，千万不要让她溜了！"

"是！"

几个黑衣人前来，给小燕子松了绑。

"现在，总没有'虐待'你、损伤你的尊严了吧！"

李大人说完，出门去了。

小燕子伸了伸手脚，突然跳起身子，直冲窗子。

一个黑衣人飞扑过来，给了她后脑勺一掌。小燕子应声而倒。

"我可不是李大人，听了你那一大堆废话，就让你占便宜！"黑衣人说着，再度把小燕子绑了个结结实实，丢在床上，"如果你没办法上茅房，你就尿床吧！"

小燕子扯开喉咙大喊：

"李大人！李大人……你的部下不听命令，打我、欺负我……那个什么羊什么鹰……什么狼什么狈……"

两个黑衣人过来，用一块帕子，塞进她的嘴巴。

小燕子没办法说话了，咿咿唔唔，瞪大眼睛，在床上徒劳地挣扎。

其实，这个时候，永琪和箫剑早已跟踪到了这家客栈，只是不能行动。两人忍耐到夜静更深，永琪、箫剑察看过了军情，彼此在院子的一角会合。

"情况不妙！初步研究，敌人大概有二十几个，个个都是高手！小燕子被囚在楼上第二间，手脚都绑着，有十几个人把守，门里门外都有！恐怕我们两个人，想要救出小燕子，不太容易！"永琪低声说。

"不要急！"箫剑转了转眼珠，"你猜怎么？我们又回到这个红叶镇来了！"

"红叶镇又怎么样？"永琪不解地问。

"红叶镇……有我最深恶痛绝的一样东西！现在是'非常时期'，谈不上江湖规矩了！永琪，我们去找那两个'香炉'，借点儿东西！"

箫剑就拉着永琪，往外一奔。

所以，那个张全和魏武，真是遇到克星了。

深更半夜，砰的一声，房门碎裂开来。

永琪和箫剑拦门而立。永琪大叫：

"张全！魏武！老朋友又来了！"

两个老板跌跌冲冲地从里面奔了出来，睡眼蒙眬的。

箫剑气势凌人地喊道：

"两个香炉，你们还活着呀？我们又来帮你们供菩萨了！"

两人抬头一看，吓得双膝点地，簌簌发抖。

"哎哟……你们怎么又来了？"张全苦着脸喊。

"小的是狗……小的宁愿吃屎，不能再当香炉了！"魏武立刻磕头如捣蒜，"求求你们……高抬贵手啊！"

永琪往屋里一站，厉声喊：

"把你们的熏香，全部拿来给我！"

"没有了……没有了……上次给你们用完了！"两人发抖说。

"胡说八道！你们拿不拿？不拿，我自己找，找到了，这次用你们的眼睛当香炉！"箫剑说，满屋子张望。

"我拿！我拿……可是……可是……"张全简直快哭了。

"拿来就对了！"永琪大吼，"我们不是用来对付你们的！乖乖拿出来，就饶了你们！"

两人不敢不拿，屁滚尿流地、连滚带爬地找来一盒熏香。

"都在这里了！一根都没有剩！全部在这里了！"

永琪劈手夺过熏香，瞪着两人，指着他们的鼻子骂道：

"你们给我听着！从此不许摆赌场，不许干骗人的勾当，不许偷鸡摸狗用熏香！我们会像影子一样地跟着你们，下次再犯在我们手里，把你们的七孔里全插上熏香！我们说到做到！滚！"

永琪踹翻了两人，和箫剑转身，迅速地消失了踪影。

两人还跪在地上发抖。

结果，李大人和他的官兵，这晚全部睡得昏死过去了。

小燕子当然也被熏香熏昏了。永琪和箫剑破窗而入，永琪直奔小燕子床前，用匕首挑断了捆绑的绳子，掏出她嘴里的帕子。小燕子依旧昏睡不醒。

"我们快走！"

永琪忙中仍有阿哥气度，说：

"把熏香灭掉，不要让这些'钦差大人'受伤了！"

箫剑急忙熄灭了熏香。

永琪扛起小燕子，箫剑打开房门，三人迅速地溜了。

至于尔康和紫薇，开始度过他们生命中最漫长的一夜。

紫薇一直昏睡到深夜。小二送来了刚熬好的药，大夫叮嘱要趁热喝。尔康只得很不忍心地去叫醒她。他轻轻地摇着她，低唤着：

"紫薇！醒一醒！该吃药了！吃了药再睡！醒一醒！紫薇……紫薇……"

紫薇从睡梦里陡然惊醒，一跃而起，紧张地喊：

"有人来抓我们了……金琐……小燕子……快逃呀……"

尔康赶紧用胳臂圈着她，摇着她，安慰着她：

"没有人来抓你……不要怕，我在这儿！我在这儿！"

紫薇睁开眼睛，茫然四顾：

"金琐……小燕子……"

"她们两个还没有消息，可是，永琪、箫剑也没有出现，柳青、柳红也没找来，他们一定追踪而去了……我想，她们会平安的！你不要一直挂念着她们，快把药吃了！你现在觉得怎样呢？"

紫薇眨眨眼睛，觉得眼前一片黑沉沉。她用手摸索着尔康，依偎着他：

"我梦到我们都被抓回去了，我梦到断头台……"

"没有断头台！那是梦！那是梦！"尔康吻了吻她的额，"来！我们吃药！"

紫薇依偎着他不放，四面张望，迟疑地问：

"天已经黑了？"

"是！已经三更天了！你睡了好一会儿。我看你睡得沉，没有叫你！"尔康把她轻轻拉开，让她坐在床上，身后给她塞了枕头棉被，"你坐稳了，我喂你吃药！"

尔康端了药碗过来，吹着。

紫薇感到有些奇怪，东张西望地说：

"天这么黑，你怎么不点灯呢？害怕别人发现我们吗？"

尔康的心，咚地一跳。他瞪着紫薇，害怕地、怯怯地问：

"紫薇……你……你说什么？"

"你不点灯，我看不到，怎么吃药呢？还是点一盏灯吧！"

尔康那狂跳的心，顿时往地底沉去。他眼睛都直了，看看桌上的灯，再看看紫薇。手里的药碗，不禁颤得泼了出来，汤匙和碗碰得叮当响。尔康抖着手，放下药碗，眼睛一瞬也不瞬地盯着她。紫薇惊觉到什么，伸手摸不到尔康，着急地问：

"尔康，你在哪儿？"

尔康看了她半晌，颤抖地伸出一只手，在她眼前摇晃，她浑然不觉。

尔康整个人惊跳起来，激动地喊：

"老天！不要……不要！"

尔康一喊，吓得紫薇直跳起来，喊："尔康……怎么了？尔康……"她伸手揉揉眼睛，惊恐起来："尔康……"

尔康扑了过去，把她紧紧地抱在怀里，颤声地喊："紫薇……我在……我在……"他心慌意乱地看着她："紫薇……你睁大眼睛，看看我！"

紫薇睁大眼睛，突然明白了，恐惧地四望着。

"你有点灯，是不是？我看不见了，是不是？"她一惊，挣开了尔康，赤足跳下地，歪歪倒倒地往前冲去，"桌子……桌子在哪里？灯在哪里？尔康……尔康……"她撞到椅子，椅子翻了，紫薇放声惨叫："哇……我看不见了！哇……"

尔康扑了过来，一把蒙住她的嘴，惊颤地说："不要叫！当心把敌人叫来，我们现在四面楚歌……"他心中痛极，把紫薇紧紧抱住："不要急，可能只是暂时性的，我去多点两盏灯，把房间里弄亮一点！不要害怕，你有我……知道吗？你有我……"

尔康说着，把她抱到床上去。紫薇怔怔地坐在那儿，被这个事实惊呆了，几乎无法思想了，缩在床里，动也不动。

尔康奔到门边，对外喊：

"小二！给我多拿几盏灯来，越多越好，如果灯不够，就给我拿些蜡烛来！快！"

小二把店里所有的油灯和蜡烛都拿来了。尔康就开始疯狂一样地点灯点蜡烛，在窗台上，柜子上，茶几上，到处都燃着油灯和蜡烛。他再用颤抖的手，点燃了许多蜡烛，放在桌上，把一张方桌，变成了一个百烛台，上面竖立着几百支蜡烛。他一面点蜡烛，心里，在默默地、无声地、狂乱地祈祷：

"皇天菩萨！我福尔康一生没做过亏心事，上无愧于天，下无愧于地！即使背叛了皇上，也有许多许多的无可奈何！请你不要对我这么残忍……紫薇已经受尽身心折磨，如果你再夺去她的眼睛，让她失去光明，你就太狠心，太无情了！我请求你，不要这样……不要这样……"

他一面祷告，一面把那张点着好多蜡烛的桌子，推到床前。

整个房间，已经被烛光照耀得如同白昼。尔康颤声喊：

"紫薇！你看到烛光了吗？"

紫薇茫然地抬头，徒劳地观看，她闻到了蜡烛和火焰的气息，眼前，却只有朦胧一片。她的泪水再也控制不住，沿颊滚落。她脆弱地说：

"尔康……我好害怕……我看不见……你为什么不多点几支呢？我什么都看不见！怎么会这样？"

尔康闭了闭眼睛，觉得自己的心，被四分五裂地拉扯，痛到极点。他睁眼，再看向紫薇，看到在烛光照射下，紫薇那张恐惧的、脆弱的、无助的脸庞。他的心，就更痛更痛了，他扑了过去，紧紧地握住她的手：

"不要紧！紫薇，勇敢一点！上苍存心要考验我们……我们'兵来将挡，水来土掩'！明天一早，我就去请大夫，说不定那时候，你已经看得见了！我不相信命运会对我们这样残忍……所以，请你也拿出信心来！知道吗？"

紫薇知道，自己失明了！她所有的勇气、乐观、雄心壮志，在这一刹那间化为虚无。她眼泪一掉，崩溃了，用双手捶打着尔康的胸口，哭喊着说："我不要……我不要……如果我看不见了，我宁愿死，我宁愿不要活着！尔康……我不要啊……如果我再也看不见，世界对我还有什么意义呢？我看不到你，看不到你的脸，看不到你的眼睛，看不到你看我的眼神……我不要……我看不到户户有花、家家有水的大理！看不到我们梦里的世外桃源，看不到我们的幽幽谷……我不要……不要……"她哭倒在尔康怀里。

尔康紧拥着她，眼里，是一片潮湿，慌乱地说：

"我现在就再请大夫！"

紫薇恐惧地拉住他，喊着：

"不要离开我……我好怕……尔康，我真的好怕！我从来没有这么害怕过……就算要上断头台，我也没有这样害怕过……"

"我知道！我知道！"尔康克制着自己那心痛心碎的感觉，拼命想安慰她，他紧抱着她，一迭连声地说，"不要怕！你还有我！有我啊！我们会把你治好的……就算治不好，我也会当你的眼睛，当你的拐杖啊！"

紫薇啜泣着，蜷缩在他的怀里，从来没有一个时刻，这样地绝望和无助。尔康紧拥着她，也从来没有一个时刻，感到这样强大的痛楚。一个失明的紫薇，好像一只剪掉翅膀的鸟，它还能飞吗？一只不会飞翔的鸟，如何去找寻它的天空呢？尔康看着满屋子的烛火，在那儿烧灼垂泪，他的心，就跟着烧灼，跟着垂泪。

这个漫漫长夜，尔康就守着紫薇，一任那点点烛火，为人垂泪到天明。

这个漫漫长夜，柳青也守着金琐。

金琐头压着冷帕子，昏昏沉沉地睡着了。柳青坐在床前的椅子里打瞌睡。

房门轻轻地推开了，柳红端着一个托盘，里面放着一些清粥小菜、包子馒头，进屋来。柳青一个惊动，立刻醒了。

"来！吃点东西！她怎样？"

柳青摸了摸金琐的额头，有些担心地说：

"从夜里开始，就在发烧。"

"我来照顾她，你吃点东西，去睡一睡吧！反正，她这个情况，我们想走也走不了！好在，这个山坳里，也没有追兵找来，安全方面，大概还没问题！"

柳青看着金琐发怔。柳红不安地问：

"怎么了？是不是情况不好？昨晚我已经帮她彻底检查过了，虽然手脚都破了，好在只是皮肉伤，应该不碍事！难道还有别的伤吗？"

"没有！发烧是因为脚伤的缘故，可能会连续烧上好几天！"

"怎么办呢？随身只带了跌打损伤膏，吃的药全在马车上！"

"有我照顾着她，她不会有事的！只是，这个脚伤，想要复原到能够走路，恐怕还要十天半月才行！"柳青抬头看着柳红，"我想，我在这儿陪着她，你去找紫薇他们吧！给他们送一个信，免得他们等我们！告诉他们，我们大概会耽误下来了，等到金琐的脚好了，我们会尽快追上队伍的！"

"那……"柳红愣了愣，说，"不如我陪着她，你去追大伙！毕竟金琐是个姑娘，你一个大男人陪着，有许多不方便！金琐的伤，骨头接好了，应该没有大问题，我也会照顾！"

柳青又一怔，在室内兜了一个圈子，讷讷地说道：

"还是我来陪她吧！跌打损伤，我比你在行！"

柳红深深地看了他一眼，忍不住问：

"哥！你是不是对金琐动了感情？"

柳青一震，似乎被这个问题震到了，急促地答："是又怎样？难道我不可以吗？"就一抬头，鲁莽地说："你赶快追上大家，归队吧！见到紫薇，帮我带一句话给她，就说，我问她要了金琐！"

柳红惊看他，又好气又好笑，说：

"哥！你别搞不清楚状况，这个金琐，当初紫薇拔刀的时候，已经把她许给尔康了！她是尔康的人，你怎么要？"

床上的金琐，已经醒了。她睫毛闪动着，睁开眼看看。听到柳青和柳红在谈自己，赶紧又闭上眼睛装睡。

"你才搞不清楚状况！那个承诺，已经取消了！你看尔康，除了紫薇，他对哪一个姑娘正眼看过！"柳青说。

"可是……那……"柳红怔了怔，"你也不能一厢情愿啊！这事，不是紫薇怎么说的问题，还有金琐呢？金琐怎么说呢？你有没有问一问人家啊！"

柳青涨红了脸，嘟囔着：

"我要问啊！可是……就怕一个钉子碰回来！"

"怕碰钉子也要问呀！你就是这样，遇到心里喜欢的姑娘，也不会表示！等到你表示的时候，慢了好几拍，人家就捷足先登了！"柳红冲口而出。

"你在说些什么？"柳青一皱眉头。

"没什么！"柳红急忙掩饰，"我就是提醒你，要问她！"指指床上的金琐。

柳青抓抓头，狼狈地说：

"好！我问！等我有机会的时候再问！"

"我也等你问清楚了，再帮你带话！我看……我还是陪你们在这儿住几天，再去追大伙吧！反正已经耽误了！"

金琐听着，心里好震动，睁开眼睛，悄悄地去看柳青。柳青一回头，她赶紧把眼睛再闭上。柳青走过来，把帕子放进水盆里去打湿，重新压在她额上。他就看着她，充满怜惜和感慨地说：

"好可怜的金琐，一生都在为别人服务，从来没有为自己活过！你要我问她，我就怕她自己都弄不清楚……她心里只有她的小姐和……那个尔康少爷！"

金琐心里一热，眼角，溢出一滴泪。

柳红惊觉地看着，心想，这个房间里，自己有点多余了。她微笑起来，悄悄地退出了房间。

漫长的夜，缓缓消逝了，窗子上，终于透着朦胧的曙光。

客栈房间里，桌上的烛光有的熄灭，有的兀自燃烧，残灯明灭。

尔康坐在床前，形容憔悴，一瞬也不瞬地看着紫薇。

紫薇摸索着从床上坐了起来。尔康一惊起立。

"紫薇，你怎样？好一些没有？睁大眼睛看着我，看见了吗？"他渴望地凝望她，仍然抱着强烈的希望，"你仔细地看一看！"

紫薇定睛细看，什么都看不见，心底一片绝望。

"天亮没有？"她问。

"天快要亮了！我已经拜托小二去请大夫了！大夫说，天亮就过来！紫薇，你不要着急，等到大夫诊断过了，我们就知道是怎么一回事了！"

紫薇摸索着要下床。尔康急忙扶住她：

"你要什么？我帮你去拿！你不要下床了，还是躺着比较好！你腿上还有伤……"

紫薇推开他的手，语气不稳地说：

"我要到窗子前面去，我要看'日出'！"

尔康的心，紧紧地一抽，说不出来有多痛：

"我扶你过去！"

"不要扶我！"紫薇用力推开他，声音里带着一股怒气，"如果我以后都看不见了，我不能让你一直扶着我！我会痛恨一个无能的我！所以，不要扶我，不要让我变成一个废物！你让开！"

"你会好的！不要绝望，大夫还没来，说不定吃一帖药就好了！现在你看不清楚，如果我不扶你，你怎么走过去呢？"尔康焦灼地说，再去扶住她。

紫薇挣开他，几乎是愤怒地嚷：

"不要扶我！不要扶我！"

"好好！我不扶……窗子在你右前方！"

尔康体会到紫薇在绝望中的愤怒，不敢去扶，凄然停手，痛楚地看着她。

紫薇下了床，往窗子的方向，摸索着前进。

尔康急忙跳过去，把拦住通路的桌子拖开。紫薇直觉左手有桌子，伸手去扶桌子，岂料尔康已把桌子拉开，她扶了一个空，就踉跄一跌。

尔康急忙扑上前，扶住她，心碎地喊：

"紫薇，求求你，让我带你过去，你不要跟自己生气，不要跟我生气，不要这样折磨自己，好不好？"

紫薇拼命推开他，挣脱他：

"让开！不要扶我，这个房间那么小，从床前到窗子，顶多十步路，难道我连十步路都走不动吗？你让开！让开！"

尔康只得松手，亦步亦趋地紧跟着她。

紫薇往前走了几步，走歪了，险些碰到脸盆架。

尔康又急忙跳过去，把脸盆架拉开。他就指示着方向，着急而心疼地提示着：

"往左边！再左边！往右……往右……向前……向前……"

紫薇一路摸摸索索，因为腿上也有伤，走得一跛一跛。

尔康比她更忙，一路提示着，一路搬掉障碍物。桌子、茶几、镜架、椅子……一件件搬开，终于紧张地喊：

"到了！到了，你前面就是窗子，抬头看……看到曙光了吗？"

紫薇好不容易到了窗前，就伸手去扶窗台。谁知，窗台上还有烧得短短的烛火和兀自亮着的油灯，紫薇正好一手按在烛火上，一手碰翻了油灯，这一烫，烫得缩回了手，灼痛了心，大叫：

"哎哟！哎哟……"

尔康一个箭步上前，捧住了她的手，看着吹着，心痛得快死掉了。

"紫薇！"他含泪喊，"我知道你的无助，我知道你的愤怒，我知道你的害怕，我也知道你的绝望！你心里的每个思想，我都清清楚楚！你有的感觉，我通通都有！所以，让我帮助你！除了我，你还能倚靠谁呢？我是你的尔康啊！你永远的尔康啊！你不能拒绝我！"

紫薇痛楚地靠进他的怀里，悲苦已极地说：

"我看不到窗子，看不到天亮！什么都是黑的！怎么可能呢？以后，我的生活里，就没有天亮了吗？我会永远瞎了吗？"

"不会不会！一定不会！我去叫小二，马上把大夫请来！"尔康把她抱了起来，"你回到床上去躺着，等大夫来看！好不好？如果你希望自己好起来，先要让自己镇定，是不是？假若你一直这样激动，这样不肯休息，你怎么会好呢？"

紫薇不再说话，凄苦、无助地依偎着他，一任他把她抱上了床。

大夫很快就来了，仔细地诊视了紫薇。脉搏、瞳孔、脑伤……全部检查过后，大夫沉重地站起身来，看看尔康，说：

"我们出去说话！"

紫薇抬着头，立刻喊：

"不要出去说！在我面前说！眼睛是我自己的，我要知道真相！我瞎了，是不是？告诉我！不要瞒着我！"

大夫看尔康，尔康点了点头。大夫就实话实说了：

"我想，你们最好去大城市，找几个专门治眼睛的大夫来诊治！我不是专家，看不出毛病在哪里，也不知道怎么治，姑娘的失明，说不定还是和脑子里的血块有关系！眼睛本身，没有问题。或者，等到血块消了，眼睛就看得到了！也可能，是情绪影响了眼睛，不知道姑娘最近有没有受到什么大的刺激？"

"如果是情绪影响，又怎样呢？是不是情绪恢复了，眼睛也会跟着恢复？"尔康急急地问。受刺激？天知道！自从进宫，刺激好像就没有断过！

"我不知道！可能吧！"大夫没把握地说。

"什么叫作'可能吧'？是不是也可能，我永远瞎了！永远看不见了？是不是？大夫！请你老实告诉我！"紫薇尖声问。

"对不起，我真的不是专家，你们还是另请高明吧！"

大夫就拎着医药包，狼狈地逃往门口。尔康扑过去，激动地抓住大夫的衣服。

"大夫！你给她治！有什么药，你给她吃呀！你不要放弃呀！"

"我真的无能为力了！对不起！对不起……"

紫薇听着，知道这就是宣判了。她一阵晕眩，砰的一声，从床沿上跌落在地。尔康赶紧放掉大夫，过来扶住她。大夫立刻逃也似的溜出门去了。

"紫薇！你怎样？"

紫薇坐在地上，拼命摇头。

"不……不……不……不能这样……不可以这样……"说着，就挣脱尔康，手脚并用地在地上爬着。

尔康抓住了她，把她从地上拉了起来：

"你要去哪里？我带你去！"

"墙在哪里？墙在哪里？"紫薇四面张望，问着。

尔康莫名其妙地看着她，心痛如绞：

"墙？你要墙？你要到墙边去？"

紫薇拼命地点头。尔康就拉着她，走到墙边：

"这里就是墙，你要到墙边来干什么？"

紫薇摸索着墙壁，就用背贴着墙，好像自己是一只壁虎一样。然后，她就顺着墙，滑坐在地，用双手抱着膝盖，把自己整个蜷缩在那儿。

尔康看着这样的她，感觉到她那种彻底的绝望，自己的心，也跟着撕裂了。他就把她从地上用力地拉了起来，盯着她，一字一字地说：

"紫薇！你听着！我带你回北京，那儿有最好的大夫，那是我生长的地方，我比较熟悉！我认得好多大夫，还有御医！我们回去找大夫治，我不相信你会从此瞎了……就算你从此瞎了，你还是我的紫薇！我会更加心疼你，更加怜惜你，更加保护你，更加爱你……你懂吗？你明白了吗？"

紫薇呆呆地、怔怔地靠墙站着，不动，也不说话，好像变成了一块化石。

尔康托起她的脸，就急促地低头，去吻她的额头、她的面颊、她的唇。

紫薇用力一推，推开了他，又滑落到地下去。尔康再度把她抓了起来，哀声地喊：

"紫薇！不要对我这样……我一再跟你说过，有任何困难，我们都要一起去面对！记得，你答应过我的额娘，要在我脆弱的时候，支持我！在我孤独的时候，陪伴我！在我失意的时候，鼓励我！你知道吗？我看到这样绝望的你，我的脆弱、孤独和失意就一起发作了！你的喜怒哀乐，支配着我的生命……请你为我振作吧！好不好？要不然，我会跟着你一起崩溃的！"

紫薇眼泪滑下，痛楚地开了口。

"我对不起你的额娘，答应她的话，都成了空话！我已经没有力气应付自己的脆弱，怎么还管得了你的脆弱？我什么都不是，如果再成为废人……我……会成为你的包袱、你的负担，我会把所有美好的事物，一起终结！我不要这样……"她抓住尔康，炙热地、恳求地说，"尔康，答应我一件事！我求求你……你一定要答应我！"

"是！答应你所有的事！你说！我答应，我通通答应！一百件、一千件都可以！你说！"尔康含泪喊。

"放弃我，回北京去！请求皇阿玛原谅你，然后……娶晴儿！"

尔康瞪着她，抽了一口冷气，倒退了好几步。

紫薇失去尔康的扶持，就又滑落在地上，用双手抱住头，把自己再度蜷缩起来。

第九章

同一时间，永琪扛着小燕子，和箫剑来到了一条小溪边。

"这里有水！把她放下来！"箫剑说。

永琪把小燕子放在草地上，小燕子兀自昏睡着。

"怎么睡得这样沉？扛着她跑了大半夜，她都没醒！会不会接连着被熏香熏了两次，熏出毛病来？"永琪担心地说。

箫剑脱下背心，在溪水里沾湿，弄了水过来。

"给她淋一点冷水看看！"说着，就把背心一绞，让冷水淋在小燕子脸庞上。

永琪关心地低头看着她，拍拍她的面颊，喊着：

"小燕子！小燕子……醒一醒！小燕子……"

小燕子陡然惊醒了，从地上一跃而起，对着永琪一拳打去，大喊：

"什么东西？什么冷冰冰的水，弄了我满脸！我打死你……"

永琪猝不及防，被小燕子打了一个正着，捂着鼻子喊：

"哎哟！好不容易把你救出来，怎么眼睛都没睁开，就先打人！"

"小燕子！看看清楚再动手！"箫剑急忙一退。

小燕子定睛一看，喜出望外，惊喊：

"怎么是你们？你们把我救出来了呀？"

永琪捂着鼻子，跺脚大叹：

"唉！背着你跑了大半夜，累得我快昏倒，好不容易把你弄醒，就给了我一拳，把我的鼻子都打歪了！早知道，还是让你绑在那儿算了！"

小燕子这才知道打了永琪，就不好意思起来，过去拉住永琪的手腕，要看他的鼻子，歉然地说：

"真的打到你了？给我看看！有没有流血？"

永琪放开了手，对她一笑：

"哪有那么脆弱？你这个'迷糊拳'，我还受得了！"

"什么拳？"小燕子没听清楚。

"你的这套'拳法'，我只能给你取个名字，叫作'迷糊拳'！"

箫剑忍不住接口：

"小燕子这个人，还可以取个绰号，叫作'迷糊女侠客'！她剑法，是'迷糊剑'，她的功夫，是'迷糊功'！"

"那你没有领教她的成语，是'迷糊成语'，她的诗，是'迷糊诗'！我最佩服她的，是她的那个'迷糊运'！每次，糊里糊涂，就化险为夷了！"永琪笑着说。

"好好好！你们把我救出来，就为了嘲笑我！"小燕子气呼呼地叫。

永琪振作了一下，笑笑说：

"不嘲笑你了！我们赶快归队吧！"

"我们在哪里？"小燕子四面看看。

"大概翻过这座山，离白河镇就不远了！我们没有马，全部要靠脚力，大家动身吧！不要再耽误了！"箫剑说。

三人就洗洗脸，准备动身。小燕子好奇地问：

"你们怎么把我救出来的？"

"我们去跟那两个香炉借了一点东西！哈哈！"箫剑笑了起来。

小燕子眼珠一转，明白了：

"你们把那个李大人、黑衣人通通熏昏了？"

"可不是！"

"熏得好！那些黑衣人真不是东西！软硬不吃，还差点害我……尿裤子……熏他一个昏天黑地才好！"这才想了起来，急急问道，"大伙现在在哪里呢？紫薇呢？金琐他们呢？"

"希望他们已经在白河镇了！"永琪说。

"那……我们赶快去白河镇吧！"

三个人就匆匆上路了。

紫薇和尔康的情形，只能用一个"惨"字形容。自从大夫走了之后，紫薇一直蜷缩在墙边，一动也不动。尔康焦灼地看着她，心碎肠断了。

"紫薇！你起来，不要坐在地上，地上好冷，你如果再受了凉，怎么办？你为什么一定要贴着墙呢？让我扶着你，牵着你……把我当作你的墙，当作你的堡垒，好不好？"他蹲下身子，去搀她，"起来！"

紫薇推开他的手，退缩着。尔康着急地说：

"我收拾东西，不等小燕子他们了！我们马上回北京，可是……你不许再说要我娶晴儿的话，我们回去，面对皇上、面对你的病！如果难逃一死，也是我们的命！走到这一步，我承认……我也走投无路了！"

紫薇呆呆地、怔怔地坐着，双手抱着膝，眼神空洞地凝视着虚空。

"紫薇，你跟我说话！求求你，不要这个样子……"他去拉她的手，"你看不见了，我比你还着急，还痛苦！我知道你充满了挫败感，充满了无力感。我恨命运这样捉弄我们，但是，我仍然感谢上苍，让你活着！你看不见，真的没有关系，你还能感觉，还能思考……"他紧握她的手："你感觉得到我，看不到，又怎么样呢？我时时刻刻，让你感觉我，好不好？"

紫薇拼命挣扎，要抽出自己的手。他握紧她，不放她，热烈地说：

"你不能不要我！山，还是有棱有角，天地，也没有合并在一起！你摆脱不掉我！起来！不许再坐在这儿了！如果你不肯起来，我就要强迫你起来了……"

尔康弯腰去抱她，紫薇一挣，滚落在地，把自己拼命蜷缩起来，喊：

"不要碰我！不要碰我……让我坐在这里，让我想想清楚……不要碰我，离我远一点！不要欺负我……"

尔康急忙缩回手去，又惊又痛：

"我怎么会欺负你？我要帮助你呀！让我帮助你……"

"不要……不要……不要……"

尔康束手无策，觉得头晕目眩，心力交瘁，快要支撑不住了。

就在这时，门上传来打门声。小燕子轻快的声音传了进来：

"快开门！我们来了！"

尔康惊喜地跳了起来，急忙走过去，打开房门。小燕子欢天喜地冲进门，永琪、萧剑笑嘻嘻地跟在后面。小燕子一看到尔康，就喊："尔康！我告诉你，那些黑衣人真是坏极了，他们用一个大网把我网住，堂堂大清朝的高手，居然用渔网……"她猛地住了口，看着脸色惨白的尔康，笑容全体消失了："怎么了？发生什么事了？"

永琪和萧剑，已经发现缩在墙边的紫薇。永琪困惑地问：

"你们吵架了吗？紫薇，你为什么坐在地上？"

尔康看到他们三个，就像溺水的人看到了船一样。他已经拿紫薇没有办法，不知道如何去帮助她，也不知道如何帮助自己。他注视着三人，痛楚地用手支住了额，含泪说：

"紫薇从飞快的马车上跌下来，撞到了头……她看不见了！"

"什么叫'看不见'了？"萧剑大惊，问。

"大夫说，可能过一阵子会好，也可能永远不会好……紫薇，她崩溃了……我也快要崩溃了！"

永琪、萧剑、小燕子都大惊失色，全部呆住。

半晌，小燕子就冲到紫薇身边，蹲下身子去看她，喊着："紫薇！你睁大眼睛！看我……看我……"她用手扳住她的脸，仔细看她："你的眼睛好好的，又黑又亮，我看不出一点问题！你不要怕！这个白河镇上的大夫，完全不可靠，你不要被他的胡说八道骗了！他说不定是回忆城派来的坏蛋，故意这么说！我保证，你睡一觉，明天起床，就什么都看见了！"

紫薇听到小燕子这样一说，终于，哇的一声，痛哭失声了，边哭边喊：

"不会好了，不会好了！我知道，我瞎了！当初，皇阿玛要我发毒誓，如果我骗了他，我会失去尔康、失去我所有的幸福！现在，我应了誓……我失去了尔康、我失去了所有的幸福！"

尔康一听，简直痛彻心扉。他冲了过去，一把把紫薇从地上拉起来，抓住她的两只胳臂，用力地摇了摇：

"你没有失去我！你怎么会失去我！你把我想象得这么恶劣、这么不堪吗？难道我们只能共欢乐，不能共患难吗？用用你的头脑，好好地想一想！如果易地而处，如果是我看不见了，你会丢下我不管吗？你会离开我吗？你会舍弃我，去嫁另外一个人，让我孤独一生吗？"

"如果易地而处，你坦白地回答我，你会拖累我吗？你舍得拖累我吗？"

"我会！我舍得！"尔康大声说，"我会赖定了你，我会依靠你、我会信任你，我会把那个无助的我，完完全全地交给你，因为只有你，能够保护我，支持我，安慰我，鼓励我，帮助我！"

紫薇又哇的一声，哭得更加伤痛，她投进尔康的怀里，抱着他喊：

"尔康……尔康……尔康……我不忍心啊！我不要拖累你啊！我不要成为你的累赘啊……"

尔康痛楚地闭了闭眼睛，把她的头紧压在自己肩上：

"我知道、我知道，我懂。但是，我们是一体的，你的痛苦，就是我的痛苦，你怎能把我排挤在外呢？"

小燕子的眼泪夺眶而出，鼻子里稀里呼噜，不相信地喊：

"怎么会这样呢？不可能的！永琪，你再去找一个大夫来！找好多好多的大夫来！"

尔康扶着紫薇，把她带到床边去，扶她坐下，说：

"不用了！我要带她回北京！"

"回北京？"永琪惊喊，"现在回北京，不是自投罗网吗？你看那些黑衣人，个个武功高强！皇阿玛已经把所有高手都集中了，设下天罗地网在抓我们！回去，是死路一条！"

"可是……只有北京，才能找到好大夫……你们不要管我们两个了，永琪、萧剑，你们保护小燕子继续走，我和紫薇，回去接受命运！"尔康坚决地说。

萧剑定了定神，吸了口气，说：

"你们不要先乱了章法！白河镇是个小镇，大夫说的话，确实不足以取信！但是，天下的好大夫，并不是只有北京才有。所有的大城，都有很多好大夫！听我说，我们尽快上路，不走嵩山了，我们去洛阳！洛阳是个大城，不比北京小，那儿，一定有好大夫！而且，我一直认为，'小隐隐于林，大隐隐于市'，在人口众多的洛阳，我们反而不容易被发现！"

小燕子就拼命点头，跑到床边，抓住紫薇的手说："我们去洛阳！紫薇，到了洛阳，我们给你找大夫，你不要伤心，你不只有尔康，你还有我们啊！我、永琪、箫剑、金锁……"她突然一愣，这才发现还少几个人，不禁抬头问道："金锁和柳青、柳红呢？"

尔康含泪摇头。永琪、箫剑、小燕子面面相觑，大家的心都跌落到谷底。

其实，金锁、柳青、柳红正在山里当神仙。

这天，风和日丽，天气不冷又不热。金锁坐在一张藤椅里，在农家的院子里晒太阳。柳青忙着用匕首削一根树干，要给金锁做拐杖。

"我还有多久才能走路呢？"金锁问。

"不要着急，伤到骨头，就一定要等它慢慢长好，急也没有用！我给你做一副拐杖，你就可以撑着拐杖走路了！"

"可是……我好急啊，不知道小姐他们好不好，小燕子救出来没有，也不知道他们会不会停下队伍来等我们！"

柳青凝视了她一下：

"你就暂时不要再想你家小姐好不好？我告诉你，尔康、箫剑、永琪都是文武全才，每一个人都可以当十个人用，他们大家保护着她，照顾着她，她不会有什么危险的！倒是你，这个脚不好好地养好，走路会留下缺陷的！你这么完美，我一定不能让你留下缺陷！"

金琐心中一动，非常感动地看着他。

"我完美？你怎么会用'完美'两个字来说我？我哪儿配？"

柳青盯着她，忽然涨红了脸，讷讷地说：

"我有句话想问你！"

金琐心中一跳，也脸红了，期待地看着他。

房门口，柳红正要走过来，听到柳青这句"关键"问题，就急忙缩回了头，躲在那儿偷听。

"什么话？"金琐问。

"我想问你……我想问你……"柳青期期艾艾了半天，冒出一句，"你痛得好一点了吗？"

金琐一怔，有些失望：

"哦！好多了！不碰到它，就不怎么痛了！"

"那就好……那就好，"柳青抓抓头，"不过，我……还有一句话要问你！"

"哦？"金琐凝视他。

"是这样……你……"柳青咽了一口口水，"还想吃什么东西吗？我让柳红下山去给你买！"

"不用，不用！我吃得很好！"

柳青低着头，拼命削着拐杖：

"我……我……还有一个问题要问你……"

躲在门后的柳红，快要急死了。怎么有人这么笨呢？那么简单的一个问题，居然问不出口。问呀！赶快问呀！

"我想问你……你需要衣服吗？我看你都没有换洗衣服，要不要……"

柳青一句话没有说完，柳红再也忍不住，从门里奔了过来，对着金琐大声嚷道：

"我哥是要问你，你心里有没有他？你喜不喜欢他？如果他要娶你当老婆，你愿不愿意？"

柳红这样一吼，柳青大吃一惊，手里的匕首，一不小心，就削到了手指。柳青跳了起来，匕首落地，手指滴着血。金琐惊喊：

"哇！你削到手指了！给我看！"

金琐喊着，就忘了自己的脚受伤了，跳起身子，奔向柳青。柳青大叫：

"小心你的脚！"

柳青叫晚了，金琐一个剧痛，就跌了下去：

"哎哟……"

柳青一个箭步上前，金琐跌进了他的怀里。柳青心痛地喊：

"怎样？怎样？有没有再扭到？怎么不小心？骨头才接好，万一再错了位，麻烦就大了……痛不痛？一定痛死了……"

金琐抓着他的手指，根本没顾到脚痛，同时嚷道：

"不得了！伤口好深，怎么不注意呢？柳红，快拿止血散来……"

两人喊完，就彼此惊愕地互视着，都在彼此眼底，找到了一直被错失了的真情。两人就深深地互看，看得忘形了。

柳红睁大眼睛看着两人，心里雪亮了，咳了一声，清清嗓子说道：

"我看，那句话也不用问了！我呢，给你们准备一点日用品、换洗衣服，然后，我就上路了！我会追上紫薇，把要带给她的话带到！至于你们两个嘛，我看，这青山绿水中，又没有追兵，又安静……你们脚伤的养脚伤、手伤的养手伤，等到伤口都好了，再来找我们吧！"

柳红说完，就一溜烟地去了。

留下金锁和柳青，依然互视着，两人唇边，都涌现了幸福的笑意。

这是金锁若干年来，第一次没有时时刻刻地想着紫薇。

紫薇经过了一番彻底的挣扎和思考，经过了整夜的辗转反侧，当新的一天来临的时候，她已经想了很多很多，几乎把过去未来，全部想透了。她想过，如果从此看不见，永远看不见，她要如何生活？想过眼睛复明的可能性，想过尔康，如果他以后，要永远面对一个失明的自己，他们的爱，是不是经得起这么沉重而漫长的考验？她想得越多，心里越痛。但是，尔康那些剜自内心的话，字字句句，烙进她的肺腑。是的，她依赖他，她信任他，除了把这个无助的她，完完全全地交给他以外，她还能怎么办？紫薇虽然外表柔弱，在内心，却一直是个非常勇敢的女子。她思前想后，比较定了。小燕子帮着她，梳洗了一番，换上一身干净的衣服。她看起来好多了，不像刚开始那样绝望了。

尔康和箫剑已经决定，不再等柳青、柳红、金琐，立刻动身去洛阳。动身以前，大家又忙着去办一些采购的事。

尔康把客栈里的东西打包。他一面收拾东西，一面看着紫薇，眼神里带着椎心的痛楚，勉强打起精神，说：

"小燕子和永琪去买一些干粮，买一些日用品，我们的东西，都在破庙里给人了！箫剑去结账了！等到他们一回来，我们就上路！从这儿到洛阳，只要翻过一座山，很快就到了。箫剑在洛阳住过，他保证，洛阳有很多好大夫！所以，紫薇，你不要泄气，我们还是充满希望的！"

紫薇坐在那儿，安安静静，带着一股深思的神情，一语不发。

简单的行囊，很快就收拾好了。尔康走到紫薇面前来：

"紫薇！你今天好一点没有？你看看前面，那里是窗子，你能不能看到亮光？"

紫薇抬头，"努力"地看了看。

"看到什么吗？有没有模模糊糊的影子呢？看到我吗？有没有黑影遮在你眼前呢？"尔康充满希望地问。

紫薇摇摇头，用手遮住了眼睛，困顿地说：

"我只要'用力'地看，我的头就好痛！"

尔康一听，吓得面无人色，急忙蹲下身子，握住她的胳臂：

"紫薇，不要'用力'去看了！你尽量休息，能够睡觉，就睡觉。等一下我们就上车了，到了车上，你什么都不要想，就蒙头大睡。只有睡够吃够，你才能和病魔作战！我等一下去厨房里，帮你把大夫开的药再熬一碗，你先吃了再上路！”

紫薇感觉到尔康的担心了，她幽幽地问：

“尔康……你好怕，是不是？”

“是！”尔康的心一阵绞痛，坦白地回答，“大夫说你脑子里有血块，我不知道那代表什么，也不知道血块化掉没有，我……好怕，好担心，如果……如果……”他说不下去了，喉中哽住了。

“如果什么？你说！不要顾忌了！”

“如果你还有更严重的问题，我真的接受不了！我一直自认为是一个很勇敢的人，但是，跟你在一起，我才知道自己一点也不勇敢！我好怕，紫薇，我真的好怕！这种感觉，在上次你夹手指之后，病得人事不知的时候，我也曾经有过！”

紫薇震动了，伸手怯怯地摸尔康的面颊，摸到他眼角的一滴泪，这就让她整个人都惊跳起来：

“尔康，你哭了？你好怕失去我，是不是？”

尔康低声地、心痛地、坦白地说：

“是！怕你会死，怕你会崩溃，怕你把自己封闭起来，怕你不要我，怕你消沉和绝望……我真的怕极了！”

“我值得你这样付出吗？”她颤声问。

“我没有‘付出’，你早已是我生命的一部分，你痛，我也痛，你笑，我也笑，你绝望，我也绝望！你把自己封闭隔绝，好像是把我的一部分从我生命中切除，你能想象那个伤口有多大多深吗?"尔康诚挚地说。

紫薇被尔康深深地撼动了。她再深思了一会儿,忽然坐直了身子,把背脊一挺。她的脸上,又恢复了自信和勇敢,她坚定地、有力地说:

"尔康!我想明白了!记得,我们救苏苏的那晚,我跟你说的话吗?我告诉过你,有你在,我真的什么都不怕了!天涯海角,我跟定你了!现在,我虽然看不见了,我还有你!有你这么爱我,这么要我,这么珍惜我!哪怕是一个残破的我,你也把我看成珍宝!如果我再不爱护自己,不振作起来,我就太辜负你了!尔康,你不要怕,我不会死,我要为你好好地活着!我不再退缩了,不再要你去娶别人了,不再抗拒你了!哪怕永远瞎了,也要做一个快乐的瞎子!我的眼睛瞎了,我的心,不能跟着瞎了!"

尔康听到她这番话,真是说不出来地心酸和安慰,他的眼眶湿了,眼睛发亮,热烈地喊:"你不愧是我的紫薇!能够听到你这样一番话,我太感动了!"他把她从椅子里拉了起来,拥进怀中:"紫薇,你的才气、你的善良、你的心胸气度,一直让我骄傲!但是,现在的你,简直让我佩服!我福尔康何幸,能够拥有你!"

紫薇含泪,凄然而洒脱地笑了:

"你说得好温暖,每一个字,熨帖到我的内心深处。我夏紫薇何幸,能够遇到你!"

两人就忘形地紧拥着,在巨大的痛楚中,去体会着彼此那深不可测的爱。

大家不敢再耽误，立刻上路了。这次，永琪和萧剑坐在驾驶座上驾着马车。紫薇、小燕子和尔康在马车里。马车在蜿蜒的山中小径上走着。永琪不胜感慨，说：

　　"我们逃亡没多久，东西越来越少，人也越来越少，马也越来越少，盘缠也越来越少……再加上紫薇的病，我真不知道，这样子走下去，何年何月才会走到云南？"

　　"我们也不一定要去云南！"萧剑乐天地说，"只要没有追兵，可以随遇而安。任何一站，都可以成为终站。盘缠越来越少，这是一定的事，我们走着瞧！这么多人，难道还不能挣钱吗？至于柳青、柳红和金琐，我想，吉人自有天相。他们一个都没回来，证明柳青、柳红已经追到金琐了，反正我们一路都留了暗号，他们应该会追上我们！我比较担心的，还是紫薇的眼睛！好在，她自己已经想开了！她实在是个勇敢的女子！让人不佩服都难！"

　　车内，尔康搂着紫薇，坐在车里，恨不得把自己所有的生命力、所有的爱，都注进她的血液里，给她力量和支持。小燕子拿着水壶，一下子给紫薇倒水喝，一下子给紫薇绞帕子，殷勤照顾，嘴里不停地说着：

　　"紫薇！你需要什么，就开口，我帮你拿，帮你做！哪儿痛，也不要忍着，我们随时可以停下来休息！我保证，你的眼睛一定会好！昨天晚上，我跟玉皇大帝商量了一个晚上，求它让你好起来，它已经答应我了！"

　　"是吗？它怎么答应你的？"紫薇勉强提着兴致。

　　"我说：'玉皇大帝，如果你不答应我，就让天不要亮，

186

如果答应了我，就让天会亮！'结果，天亮了！所以，你会好！"

紫薇扑哧一笑。

尔康看到紫薇笑了，感动得不得了，说：

"小燕子，你真好！只有你，现在还有办法让她笑！"

小燕子看着二人，拼命想点子，要鼓起紫薇的兴致，就说：

"紫薇，我出一个谜语给你猜！什么动物站也是躺着，走也是躺着，睡也是躺着，坐也是躺着？"

紫薇认真地想了想，勉强配合着小燕子：

"是不是'蛇'？"

"你怎么一猜就猜到了？"小燕子惊喊。

"我也出一个谜语给你们猜！"尔康也努力振作着自己，要转移紫薇的伤痛，"什么动物站着也是坐着，坐也是坐着，走也是坐着，睡也是坐着？"

"哪有这种动物？"小燕子一愣。

"是不是'青蛙'？"紫薇笑笑，问。

"哇！原来是'青蛙'！我怎么没想到？"小燕子喊。

"我也出一个谜语给你们猜！"紫薇知道两人的心意，也体贴地配合着，"什么东西站也是在走，坐也是在走，睡也是在走，走也是在走？"

小燕子又愣了：

"有这种动物吗？我不相信！"

尔康看着紫薇，这样的紫薇，让他爱进心坎里。他温柔地问：

"是不是'鱼'？"

小燕子跳了起来，大叫：

"原来是鱼啊！我真笨！"

车外，永琪和萧剑互视。永琪惊讶地说：

"他们还能在车里说说笑笑，实在不容易！"

"这两个'格格'，都有她们独到的地方！即使在落难的时候，一个永远潇潇洒洒，笑口常开！一个百折不挠，逆来顺受！真让我心悦诚服。"萧剑就深深地看着永琪，认真地问，"永琪，我有个问题想问你，我们弄到现在这个地步，你坦白地告诉我，你还认为你的阿玛，是个'仁君'吗？"

永琪一怔，脸色严肃地想了想，正色地回答：

"是的！他是个'仁君'！"

"你不恨他吗？他要砍两个格格的头，再一路追杀我们！他还算'慈父仁君'？"

"他已经尽力而为了！他一直是个'慈父仁君'！我们没有做到'孝'，也没有做到'顺'！一再忤逆他，做些他不能承受的事。我们在责备他以前，也应该自我检讨。他定了很多规则，不能否认，我们'犯规'了！他不是一个普通的人，他是一只老虎！我们要在老虎的嘴里拔牙齿，就不能怪老虎咬我们！"

萧剑一愣，不能不用另一种眼光，深深地打量着永琪。

永琪嘴里的"仁君"和"老虎"，这时正在慈宁宫里大发雷霆。因为两位大臣，正在回报追捕永琪等人的经过：

"启禀皇上！李大人连夜快马加鞭赶回来报信！因为不敢伤人，所以顾此失彼。抓到了两位，又被她们逃掉了！"

"什么叫作'抓到了，又被她们逃掉了'？"乾隆皱着眉头急问。

太后和晴儿站在一边，两人都全神贯注。

"启禀皇上，那位还珠格格花招实在太多，我们防不胜防！她身边全是一等一的武功高手，这还不说，他们还会用迷魂香！我们已经活捉了还珠格格，可是，半夜三更，她的同伴把所有的人全部迷昏，把格格再度劫走！"李大人诚惶诚恐地说。

"迷魂香！这种下三烂的方法，他们也用！"乾隆大惊。

"臣有亏职守，罪该万死！"

"你们这么多的高手，抓到了人，还让她们逃走？"乾隆怒气冲冲地喊，"你们气死朕了！现在，他们往哪个方向去了？你们有没有继续追踪呢？"

"回皇上，我们已经以白河镇为中心点，四面八方派人去搜查了！只要发现踪迹，马上围捕！现在，他们已经损兵折将，马也丢了，一定走不远，臣恳请皇上再给臣几天工夫，保证把他们逮捕归案！"

乾隆一惊，瞪大眼睛急问：

"损兵折将？什么叫作'损兵折将'？朕不是说过，不许伤害他们吗？损了谁？折了谁？快说！"

两位大臣脸色一变，彼此互看：

"臣不敢欺瞒皇上，据秦大人来报，有个姑娘，在拒捕的时候，不慎掉到悬崖下面去了，当时，有她的同伴，跟着跳落悬崖！听说，另外一个姑娘，从马车上面摔下来，有没有受伤，实在不敢讲！"

乾隆整个人惊跳了起来。晴儿和太后，也都震动极了。太后就惊喊：

"跳落悬崖的人，有没有永琪？"

"臣不知道！"

乾隆顿时心慌意乱，暴跳如雷了：

"岂有此理！朕一再跟你们说，不许伤害他们，你们听不懂吗？怎么让他们掉悬崖的掉悬崖，摔马车的摔马车！你们快去找他们，把太医一起带去，他们又掉悬崖，又摔马车，不可能不受伤！既然有人受伤，一定会到大城市里去找大夫，你们去洛阳找！找不到，就去襄阳找！找到了，不许捆他们，不许绑他们，不许用脚镣手铐，先给他们治病要紧！懂了吗？"

李大人惶恐地说道：

"臣遵旨！只怕找到了人，他们会拼死格斗，如何避免受伤，臣实在为难！而且，就算臣带了太医，他们肯不肯接受，也是大问题！"

晴儿听到这儿，就再也忍不住，一步上前，跪在乾隆面前了。她急切地、哀恳地说道：

"皇上！您要李大人带了太医去找他们，可见，您心里充满了仁慈！对他们几个，也充满了关怀和不忍！晴儿听到您这几句话，感动得无以复加！可是，小燕子他们，根本不知道皇上不许追兵加害他们，他们以为，皇上把他们捉回来以后，还是会送上断头台。所以，看到追兵，就拼命拒捕！一旦拒捕，就会拼命！在拼命的过程中，当然很容易受伤！要让她们免于受伤，必须先让她们了解皇上的心！"

李大人就急忙叩首说道：

"晴格格所言极是！"

乾隆瞪着晴儿。晴儿看到乾隆有些活动了，就继续说：

"皇上！您赦免她们吧！原谅她们吧！让她们知道，您千方百计地找她们，不是要杀她们！或者，您可以用贴告示的方式，告诉她们，皇上已经原谅了她们，不再追究过去的事了，让她们自动回宫！"

"原谅？赦免？那怎么可以？"乾隆色厉内荏地一拂袖子，"她们对朕的欺骗、犯下的大错，朕永远都不会忘记！"

"那么，皇上能不能当作已经把她们发配边疆了？让她们在外面自生自灭！不要再派人追捕了！免得她们为了抵抗而受伤！"晴儿着急地说。

乾隆愣住了。太后就威严地说：

"这是什么话？紫薇和小燕子，根本是两个'妖女'！拐走了皇室里最优秀的两个青年，我不能让她们这样轻松地过关！再说，永琪是我的孙儿，自幼辛苦栽培，是我心头上的肉！就算皇帝舍得他流落在外，我也舍不得！非把他找回来不可！"

晴儿情急地喊道：

"那就'暗访'吧！等到确切了解他们的下落和情况以

后，再作定夺！千万不要公然'追捕'了！说来说去，老佛爷有'舍不得'，皇上有'不忍心'！这'追捕'的行动，一定会让'舍不得'变成'舍得'，'不忍心'变成'忍心'！到那时候，后悔就晚了！"

乾隆被晴儿这一番话深深地震撼了。太后也震动了。终于，乾隆着急和心疼的情绪，遮盖了一切，就对两个大臣吩咐道：

"你们赶快去找他们，化明为暗！只是'暗访'，不是'追捕'，找到之后，不要打草惊蛇，先弄清楚他们现在的状况，有没有人受伤，然后，快马加鞭赶回来向朕报告！等到朕研究之后，再告诉你们怎么办！"

两个大臣松了一口气，急忙躬身，大声说道：

"臣遵旨！"

晴儿也松了一口气，眼睛闪亮而感动地看着乾隆。

第十章

经过几天的跋涉，尔康、永琪等一行人，终于抵达了洛阳。

马车驶进城里，但见街上车水马龙，人群熙来攘往。

永琪和萧剑把马车停在一家卖笔墨宣纸的商店门口。小燕子掀开窗帘，不住对外张望，喊着：

"哇！这个洛阳真的不一样！好热闹啊，我看，比北京还热闹！"

萧剑跳下车，对永琪说：

"永琪！这家店是我的朋友开的，你们先不要下车，我去打听一些事情！马上就回来！"

永琪点点头，萧剑就奔进商店中。

车内，尔康拉着紫薇的手，细心地解释街上的情形给紫薇听：

"这里就是洛阳了，街道很宽，也很干净，老百姓的衣服都穿得很漂亮！看样子，是一个很繁华的地方……我认为，我们有希望了！这样繁荣的城市，一定会有好大夫！"

正说着，萧剑奔了回来，打开车门，递给尔康一张名单：

"尔康！这个名单，是洛阳城里所有名医的名单！地址都写在下面，有的还是专门看眼科的！我想，紫薇的眼睛不能耽误，越早治疗越有希望！"

"那么，我们先去找大夫，再去住客栈！"小燕子积极地说。

"我们不住客栈了！我已经找到几间民房，是个小四合院，我把它租下来了！我说过，'大隐隐于市'，我们在这儿住一段时间，等到紫薇的眼睛治好再动身！我们先去四合院，然后，尔康就带紫薇去看大夫！"

"萧剑！这一路上，幸好有你！"尔康感激地说。

萧剑笑笑，跳上驾驶座，一拉马缰，马车往前走去。萧剑轻车熟路，一会儿以后，就来到一个四合院。车子驶进院子，大家下了车，走进客厅，但见窗明几净，家具皆全。一个看守房子的老头看到萧剑，就把房门钥匙交给了他，离开了。

小燕子四面看来看去，惊喊：

"萧剑！你真是天才，在我们逃难的情况下，还能找到这么好的房子给我们住！你怎么到处都有朋友？"

"这就是'一箫一剑走江湖'的结果！这个小四合院，有三间卧房，还是独门独院，够我们住了！租一个月的租金，我们住客栈，只能住两天！好了，大家帮忙，赶快把车上的行李搬下来！"

“我能帮什么忙？”紫薇问。

尔康把紫薇牵到椅子前，把她的身子按进椅子里：

“你坐在这儿不动，就是帮我们大家的忙了！”

紫薇只好坐着不动。小燕子、永琪、尔康、箫剑就忙忙碌碌地把行李、用具、衣服、食物都搬了进来。永琪问：

“厨房在哪里？我看，我们需要烧一壶水，泡一壶好茶来喝喝！好不容易，住进一家有点‘家味’的房子了！今晚，大概可以睡一觉了！”

箫剑看了永琪一眼：

“永琪！你很不简单！”

“我才觉得你很不简单呢！”永琪说。

“彼此彼此吧！”箫剑哈哈一笑。

小燕子有点兴奋，嚷着：

“你们‘彼此彼此’，我来‘呼噜呼噜’！”

“什么叫‘呼噜呼噜’？”箫剑听不懂。

“烧开水啊！开水烧开的时候，就‘呼噜呼噜’了！”

小燕子找到水壶，奔到后面去了。

紫薇有些萧索，觉得自己一无用处，叹了口气，说：

“看样子，我只好‘茶来伸手，饭来张口’了！”

尔康握住她的手，安慰地说：

“我们休息一下，喝一口茶，换件衣服，你也梳洗梳洗……然后，我们马上就去看大夫，我这儿有十个大夫的名字呢！”

“等会儿，让小燕子陪你们去看大夫，紫薇身边，还是有个姑娘照顾着比较好，我和永琪去买一些日用品，顺便去察看一下洛阳城里有没有官兵在搜捕我们！也看一看官府的动静！"萧剑说。

"对！这是当务之急！"永琪接口，"如果这个洛阳已经是风声鹤唳，我们也不宜久留！所以，看大夫和打探军情，是马上要做的事！"

尔康深深点头，看着紫薇。

梳洗过后，大家就马不停蹄地行动了。

尔康立刻驾着马车，带着紫薇和小燕子，跑遍了整个洛阳城。他们在半天之内，连续看了六个大夫，但是，每个大夫都在诊治之后，就没把握地摇头，再开一个安神活血的药方，就算了事了。尔康越看心越冷，紫薇越来越失望。

马车到了东四大街，街上非常热闹，许多小弄小巷纵横其间。尔康把马车停下，小燕子搀着紫薇下车。紫薇困顿而泄气，灰心地说：

"我看没有希望了，已经看了好多大夫了，都说不知道怎么治，大概我再也看不见了！"

尔康心里难过极了，却拼命给紫薇打气：

"名单上的大夫，还有四个没看过，名单上没有的大夫，还有好多呢！不看到最后一个，我就不甘心！何况，除了洛阳，还有别的城市，我们在洛阳看不好，就去襄阳看！襄阳看不好，我们回北京！"

"不要灰心嘛！紫薇，大夫不是都说，只要心情好转，身体调养好，说不定你会突然就好了！你先要把自己放松才行！"小燕子说。

尔康拿着名单找大夫的地址，找来找去找不到。

"我去问问路！小燕子，你陪紫薇站在这儿等我一下！"

小燕子就扶着紫薇，站在路边。尔康去商店里问地址，问了一家不知道，又去问另外一家店。

小燕子忽然发现，路边上，有两个人在下围棋，有些人在围观。她不禁兴趣盎然，拉着紫薇说：

"紫薇！过来一点！"

她拉着紫薇，就走到路边去看棋。只见两个老者，下得难解难分。围观群众议论纷纷，你一言、我一语地批评着：

"孟老这盘棋输了！"

"我看，是李老输了！"

小燕子伸长了脖子看，忍不住问道："黑棋是孟老还是李老？我看，黑棋赢了！"说着，就焦急地嚷："喂喂……黑棋，不能走那一颗子！换一步，换一步……走这儿！走这儿！"她就松开拉着紫薇的手，去棋盘上指指点点。

"观棋不语！"孟老说。

"你这样走就输了嘛！"小燕子急得不得了，"你看，你这个犄角一大块棋都死掉了！走这一步，就活了！"她干脆上前，把那颗黑子拿起来，换了一个地方放下。

"他走这一步，我走这一步，那要怎么办？"李老问，落下一颗子示范着。

"那……他再走这一步！"小燕子也落下一颗子。

"那……我再走这一步！"李老再下了一颗子。

"那……他就走这一步！"小燕子继续落子。

"好，我就走这一步！"李老也继续落子。

小燕子干脆挤开孟老，兴致勃勃地和李老下了起来。

群众看到一个姑娘和老者下起棋来，就都围过来看，指指点点，议论纷纷。

这时，有群孩子嬉笑着奔来，把紫薇一撞，紫薇踉踉跄跄后退了好几步，这才站稳。又有一群年轻人追逐嬉笑着奔来，撞得紫薇七荤八素，越退越远。

紫薇失去了小燕子的踪迹，顿时惊慌失措，茫然四望，小小声地喊："小燕子！小燕子……你在哪儿啊？我看不见啊……你不要走开嘛！小燕子……"她侧耳倾听，要找小燕子的声音，摸索着向前走，却越走越远了。

她完全不知道，有个大汉已经注意了她很久，看到她落单了，就跟了上来。

"姑娘！你看不见啊？"大汉柔声问。

"是！"紫薇急忙点头，"有没有看到跟我在一起的那个姑娘？眼睛大大的，眉毛黑黑的？拜托，帮我找她一下，好不好？"

"眼睛大大的，眉毛黑黑的，长得挺漂亮的，是不是啊？"

"是是是！"

"她在那边下棋呢！我带你去找她！"

"谢谢！谢谢！谢谢！"

大汉就牵着紫薇，越走越远离人群，走进一条小巷。紫薇听听，觉得不对了，急忙退后：

"怎么听不到人声了？这是哪儿？"

大汉突然把紫薇一抱，扛在肩上，拔腿就跑，说：

"姑娘！我带你去一个好地方！"

紫薇大惊，放声大叫：

"尔康……尔康……小燕子……小燕子……"

大汉一掌打向紫薇的后脑勺，正好打在紫薇受伤的地方，紫薇惨叫一声，就晕了过去。大汉就扛着她飞奔，穿过几条小巷，跑得无影无踪了。

尔康问到了路，从一家店铺里急匆匆地出来，喊着："好了！好了！找到了，这个大夫住在前边巷子里……"他忽然发现紫薇和小燕子都不见了，这一惊真是非同小可："紫薇！紫薇！小燕子！"他放眼四看，心惊胆战，急切地放声大喊："小燕子……"

正在下棋下得难解难分的小燕子，听到尔康的喊声，急忙应道：

"我们在这儿呢！等我一下……我马上就下完这盘棋了……"

尔康钻进人群，气急败坏地拉起了小燕子：

"紫薇呢？"

"紫薇？她不是在我旁边吗？"小燕子回头四看，"咦！紫薇去哪里了？"这下急了，跳起身子，拨开人群，到处找："紫薇！紫薇！你在哪儿？紫薇……"

尔康的脸色，倏然雪白。他冲出人群，抓住每一个路人，急促地问：

"请问，有没有看到一个姑娘，眼睛看不见，穿粉红色的衣服！有没有看到？"

路人一个个摇头。

小燕子已经像一只无头苍蝇般，在人群中惶急地东窜西窜，疯狂般地喊着：

"紫薇！紫薇！你在哪里啊？紫薇……老天啊！你赶快出来呀！紫薇……"

尔康一连问了好几个人，都不得要领，脸色越来越苍白。他一回身，抓着小燕子的胳臂，一阵乱摇，嘶哑地说：

"你赶快找到紫薇，如果找不到，我会杀掉你！"

小燕子的泪水，噼里啪啦地掉落，疯狂地点头，哽咽地说：

"我找！我找！找不到她，我一头撞死！"

尔康和小燕子，就情急地、疯狂地喊着叫着，问着每一个路人。

"请问，有没有看到一个很漂亮的姑娘，眼睛看不见……"

"紫薇啊！紫薇……你快出来啊！紫薇……紫薇……"小燕子边哭边喊。

紫薇一点踪迹都没有。

尔康和小燕子，找了半晌，什么线索都没有。两人都心慌意乱、手足无措了。尔康觉得全身冰冷，就算紫薇她们上断头台那一刻，他也不曾这样害怕和绝望。眼看在街上盲目搜寻不是办法，就急急地跑回四合院来求助。两人冲进房间，尔康一迭连声地喊了过去：

"萧剑！萧剑……你赶快想办法，紫薇不见了！"

萧剑和永琪大惊。

"什么？怎么会不见了？在哪儿不见了？"萧剑惊问。

小燕子哭得眼睛都肿了，拉着永琪，哭着说："都是我不好，尔康去问路，要我牵着紫薇……我看到有人在下棋，就忘了紫薇，一转眼，她就不见了！说不定给皇阿玛派来的人抓走了！我们在街上大喊大叫，找了一条街又一条街，大家都说没有看到！我把紫薇弄丢了……我没脸见尔康……我要去撞墙！"说着，就一头对墙撞去。

永琪大惊，拦腰抱住了小燕子：

"你做什么？紫薇不见了……我们赶快去找紫薇，你发疯，我们不是更慌乱了吗？"

"尔康恨死我了！尔康恨死我了……"小燕子哭得上气不接下气。

尔康确实快要发狂了，他往小燕子面前一站，红着眼眶，对她大吼：

"对！我恨死你了！恨不得掐死你……紫薇，她眼睛看不到，她怕我们难过，拼命掩饰她的无助！事实上，她对这个看不到的世界，充满了陌生和恐惧！即使你抓着她的手，也可以感觉出来她在发抖，她在害怕……你居然会放掉她！在这个节骨眼，你居然会去下棋，把她忘得干干净净！现在，她不见了！她会遭遇一些什么事情，你想过没有？如果被坏人带走了，她不会武功，眼睛失明，我们所有的人都不在她身边……你想过没有？她会怎么样？如果她吃了亏，受了侮辱，以她的个性，她还能活吗？还能活吗？"

小燕子用手捂着脸，哇的一声，放声痛哭："我去死，我也不要活了！我去找一把刀……我把自己杀了！"小燕子喊着，就挣开了永琪，要往厨房跑。

永琪一个箭步上前，再度牢牢地抱紧了她，对尔康喊：

"你怎么了？这样骂小燕子有用吗？一个已经丢了，你还要另一个死吗？小燕子把紫薇弄丢了，她已经痛苦得不得了、自责得不得了，不用你骂她，她也会把自己骂死，你就包容一点呀！你这样凶她，她怎么受得了呢？用用理智、用用思想，我们当务之急，是要想办法找紫薇，不是要逼死小燕子！"

尔康握着双拳，涨红了眼睛，跺脚说：

"我没有理智！我承认我没有理智！紫薇一丢，什么理智、思想、教养……通通去他的！不管找得到还是找不到紫薇，大家以后，各奔前程，各走各的路！要抹脖子的去抹脖子，要跳楼的去跳楼，要撞墙的去撞墙，谁也别管谁了……"

小燕子在永琪怀中，拼命挣扎，拼命哭喊：

"放开我！放开我！我真的不要活了……尔康骂得好！骂得对！我没有心肝，没有责任心，我坏！如果是我的眼睛瞎了，紫薇一定会牢牢地牵着我，绝对不会放掉我……我对不起紫薇，尔康……你掐死我吧！你拿剑拿刀，一刀劈死我吧……你打我吧……"

尔康瞪着小燕子，目眦尽裂，眼睛里像是要喷出火来：

"你以为我不敢打你是不是……"

永琪护着小燕子往后退，对尔康急促地说：

"你不要发疯！你敢伤害小燕子，我和你也没完没了！小燕子又不是故意的，你知道她的个性，为什么要把紫薇交给小燕子？为什么你自己不牵好紫薇？"

永琪一句话说中了尔康心里最深的悔恨和自责，他就再也控制不住自己了，恨恨地大喊：

"是啊！我该死！我中了邪，我疯了，我病了，才会把紫薇交给小燕子……我是世界上第一名的糊涂蛋！"

箫剑听了半天，忍无可忍，往尔康和永琪中间一站，大声地、稳定地一吼：

"你们通通冷静一点！"

小燕子、尔康、永琪都住了口，抬头看箫剑。

"听我说！"箫剑沉稳地说，"我刚刚已经在洛阳摸过底，那个'老爷'的人马还没有开始搜寻洛阳！官兵和侍卫，都没有出现！所以，紫薇不可能会被追兵带走！以紫薇的美丽，她八成被这儿的坏人发现了！还好，我在洛阳还有一些朋友，黑白两道，我都有熟人！因为你们大家的身份特殊，本来我不想惊动这儿的朋友，现在已经没办法了！你们先不要慌张！永琪，你守着小燕子，别让她再出问题！尔康，我们去找一个朋友！"

"我也要去！我也要去！"小燕子喊着。

箫剑很有气派地对小燕子一吼：

"你如果要帮忙，就留在这儿，哪里都不要去！如果我们需要你们两个，我们会回来找你们的！尔康，走！"

尔康看着箫剑，如同乍见曙光，跟着箫剑飞快地去了。

至于紫薇，被带进了一家妓院，名叫"醉红楼"。

那个大汉扛着她，直奔进老板娘的房间里，把她往地上一卸。

紫薇已经醒了，从大汉的肩上滚落在地，摸索着坐了起来。

"孙妈妈！我给你送了一个新鲜货来了！"大汉嚷着。

紫薇睁大眼睛，茫然地看着，惊慌地喊道：

"这儿是哪里？小燕子！小燕子……"

老板娘很有兴味地绕着紫薇走，上上下下地打量她，接口说：

"我们这儿没有小燕子，倒有一个小黄莺！你叫什么名字？我看，可以取一个名字叫小粉蝶！"

紫薇听着声音，害怕极了，慌慌张张地站起身子，手足无措，问：

"请问，你们这是什么地方？我的眼睛看不见，你们把我带到这里来干什么？"

"眼睛看不见？原来是个明眼瞎子啊！这就不值钱了！"老板娘惋惜地说。

"不值钱？不值钱我就带走了！"大汉说着，过来拉扯紫薇。

"好了好了，看在长得还漂亮的分上，我就留下她吧！你要多少？"

"十两银子！"

"十两？你敲诈呀？就算是个黄花大闺女，也不值这个钱！"

"我这个妹子，就是一个黄花大闺女啊，不信，你检查检查看！"

紫薇听着，大惊失色，恐惧地说："这是怎么一回事……"她转向老板娘的方向，急喊："我跟那个人不认识，他不能把我卖给你，我不是他的妹子，你千万千万不要上当！我走在街上，被他莫名其妙地抓了过来……请你放了我，我保证给你十两银子……"说着，她就去摸腰间的钱袋，一摸，哪儿还有钱袋，急喊："我的钱袋呢？我的钱袋呢？"

"钱袋？你身上压根儿没有钱袋，我早就检查过了，不要装傻了！"大汉说。

紫薇找不到钱袋，更慌了：

"大婶！求求你放了我！求求你……"

"来不及了！进了我'醉红楼'，就出不去了！"老板娘慢条斯理地说道，"小赵！这妞儿有没有麻烦呀？你能不能保证？"

"有麻烦！有大麻烦！"紫薇急喊，"你们赶快放了我，要不然，我的朋友会找过来，他们不会饶你们的！"说着，就扑通一跪："大婶！请你行行好……把我送还到那条街上，那条被抓来的街上，我的朋友会酬谢你的……"

"听这腔调，是个外地人……"老板娘兴趣更大了。

"对！是外地来的！没根没蒂，不会牵丝攀藤……只要你藏得好！"

紫薇越听越害怕，紧张地问：

"你们这儿是做什么的?"

"我们吗?做的是'送往迎来'的生意,男人到我们这儿来找乐子,我们想办法让他们尽兴!你进了我家门,好处也是不少的……"

老板娘话没说完,紫薇了解了,吓得魂飞魄散,突然,转身就跑,嘴里大叫:

"救命啊……救命啊……救命啊……"

紫薇看不见,绊倒了椅子茶几。她摔了下去,花瓶摆饰,乒乒乓乓摔了一地。

"你这个贱人!给我找麻烦!"大汉冲了过来,抓起紫薇,就给了她一耳光。

紫薇拼命挣扎,喊着:

"天啊!尔康……你在哪里?赶快来救我啊……来救我啊……尔康……"

大汉听她喊得惊天动地,一气,噼里啪啦,又给了她好几个耳光:

"你再叫!再叫我就打死你!"

紫薇所有的勇气全部消失。双目失明,已经绝望到了顶点,现在又陷身在这儿,没有尔康,没有小燕子,她要怎么办?她吓哭了,痛喊着:

"我没有得罪你们,我跟你们无冤无仇,你们为什么要这样对我?要钱,我给你们钱,只要你们把我送回家去!我一定重重地酬谢你们!"

"你家住在哪儿?哪条街?哪条巷?"老板娘问。

紫薇一呆，这才想起，自己根本不知道四合院的地址。

"天啊！我不知道在哪里……"

"自己的家在哪儿都不知道，还说什么酬谢？"老板娘冷笑。

紫薇顿时觉得天旋地转，抬头，惨烈地大喊：

"大婶！我是好人家的姑娘，我的身子，不可侵犯！谁要欺负我，我必死无疑，绝不苟且偷生！你要一个死人做什么？"

老板娘走到紫薇身边，对她斩钉截铁地说：

"从现在起，你是我们'醉红楼'的人了！不要吵吵闹闹、哭哭啼啼了！进了我这个门，就再也不是清白大姑娘！寻死觅活那一套，我看多了，到最后都是乖乖听话的份！所以，你识相一点，就给我乖乖听话！要不然，我们可有的是方法来对付你！来人呀！"

就有几个大汉走进。

"把她先给我关起来！给她一点教训，让她见识见识我们'醉红楼'的厉害！"

"是！"

几个大汉就拎着紫薇的耳朵，把她拉了出去。紫薇一路惊天动地地喊着：

"尔康……救我……救我……救我……"

同一时间，尔康和箫剑，正跋涉在洛阳街头，到处找寻紫薇。

箫剑实在是个奇人，在北京有生死之交老欧，会为大家卖命。在洛阳也有一个生死之交，名叫顾正。顾正是"振远镖局"的总镖头，行侠仗义、威名远播，在洛阳是个有名的"人物"。看到萧剑来访，顾正兴奋得不得了，闹着要为萧剑摆酒洗尘。等到明白了萧剑的来意，看到举止不凡的尔康，听到紫薇失踪的经过……他二话不说，立刻放下手边所有的事来帮忙找寻紫薇。

他们开了一个小小的会议，顾正认为，紫薇眼睛看不见，不会"走失"，那么，被人带走是最有可能的。所以，餐馆、酒楼、烟馆和几个人口贩子是最大的目标。他们立刻开始寻访，走了一家又一家、问了一个又一个，却一点消息都没有。

黄昏时分，还是没有结果。顾正心里有数，这种情况，只剩下了青楼妓院。他看到尔康那种牵肠挂肚、魂不守舍的样子，明白这个失踪的姑娘在尔康心里的分量，不愿尔康太过担心，他建议说：

"听我说……你们先回去，等我的消息！我明天不去走镖了，我让我的徒弟赶紧去四面八方打听！你们相信我，我一定会把这位紫薇姑娘找出来！"

"不行！"尔康急切地说，"我不能等到明天！从今天到明天，谁知道会发生些什么事？如果今晚找不到她，我真的不敢想象，情况会多坏！顾兄，请勉为其难，我们还是继续去找，行吗？如果你要派徒弟去打听，也让我跟着去打听吧！"

"你跟着，反而会阻碍我们的打听！你毕竟是一张生面孔，很多地方，我们能去，你不能去！大家看到你，会什么话都不说的！"

"尔康，顾兄说得对！如果你想早点找到紫薇，就听命回去吧！我想，顾兄只要一有消息，一定会飞快地来通知我们！"萧剑拉着尔康说。

"就是！就是！我向你们保证，这件事，我顾某人是管定了！"顾正一拍尔康的肩，"我要争取时间，赶快行动了！"

尔康痛楚而无奈地看着顾正，一抱拳：

"千言万语，说不出我心里的感谢！一切拜托了！请您尽全力，帮我找到她！"

顾正一点头，掉头而去。

尔康和萧剑沮丧地回到四合院，小燕子就急急忙忙地迎上前来：

"找到了吗？紫薇呢？紫薇呢？"

永琪一看两人脸色，心已经一沉，问：

"没有线索吗？一点都没有吗？"

尔康筋疲力尽地倒进一张椅子里，连说话的力气都没有了。萧剑摇摇头说：

"我已经找了一个很有力量的朋友，现在，布下天罗地网，到处去打听了！我们回来等消息。"

"什么时候才有消息呢？"小燕子着急地喊，"在我们等消息的时候，紫薇有没有危险呢？如果坏人把她扣住了，欺负她，占她便宜，怎么办？她现在连打死一只小蚂蚁的能力都没有……"

"小燕子……"永琪急喊，要阻止小燕子说下去。

小燕子连忙住口，只见尔康面色如死，眉头紧蹙，用双手蒙住了脸，扑在膝上。那种痛楚，像是已经不胜负荷了。

小燕子怯怯地看着尔康，半晌动也不敢动。然后，她走到桌前，倒了一杯热茶，双手捧到尔康面前，悔恨地、小小声地说：

"尔康，对不起，我错了，真的对不起！你好累，是不是？一定走了好多路，吹了好久冷风，赶快喝一杯热茶……"

尔康心中一抽，猛地一抬手，把那碗茶打落到地上去了。他抬起眼睛，恨恨地看着小燕子，哑声地说：

"你走开！不要管我！"

小燕子呆呆地看着尔康，眨巴着大眼睛，拼命咬着嘴唇，忍着眼泪。

永琪和箫剑都被尔康这个举动吓了一跳。平时尔康温文儒雅，几时有过这样失常的举动？永琪看到小燕子咬牙忍泪的样子，就按捺不住冲上前来，说：

"尔康，何必呢？你心里的着急和痛楚，我们每个人都知道，都了解。事实上，我们跟你一样着急，一样伤心。小燕子刚才已经把自己骂了几千几万次，如果她可以让时间倒流，她一定宁可自己粉身碎骨，也不愿失去紫薇。她倒茶给你，跟你道歉，向你请罪，你就算不原谅她，也不必这么凶……我们是'一家人'呀！有任何灾难和痛苦，我们一起承担就是了……"

尔康听到这儿，再也忍不住，站起身来，握着拳头，对永琪吼道：

"不要说大话了！什么'一家人'？什么'一起承担'？

失去紫薇，对你们的意义和对我的意义怎么能够相提并论？我的着急和痛苦，你们怎么会了解？如果你们了解、如果你们和我一样在乎紫薇，今天紫薇怎么会失踪？你让开，不要跟我说大道理，我现在什么道理都听不进去……道歉、请罪对我有什么用？我不要小燕子的道歉和请罪，我只要紫薇回来！只要紫薇安安全全地站在我的面前……其他的事，全部免谈！"

"为了紫薇，你把我们所有的友谊都置之不顾了，是不是？"永琪生气了，"你一直是个最有气度、最有风度的人，现在怎么变得这样不近情理……"

"此时此刻，你还跟我讲风度、气度？"尔康愤怒地说，"我哪里还有精神来顾及风度、气度？你们谁都不要惹我，尤其是小燕子！最好离我远远的，免得我控制不住自己！老实告诉你们，我的世界已经天崩地裂！只要一想到紫薇现在可能的处境，我就恨不得把小燕子给杀了……"

"你……你也不能全怪小燕子呀……"永琪喊。

谁知，小燕子往前一冲，一迭连声地喊："该怪我！该怪我！都是我的错！永琪，你不要帮我说话，让尔康骂我！"说着，她把脸孔往尔康面前一仰，闭着眼睛，惨然说："尔康，你给我两耳光，我生平最恨别人打我耳光，可是……我给你打，是我欠你的，是我欠紫薇的！"

尔康瞪着小燕子，永琪生怕他真的打下去，就往中间一拦。

"不可以！"永琪喊。

尔康咽了一口气，废然地摇摇头，忽然掉转身子，往门外就冲了出去。

他直奔马房，跳上一匹马背就策马狂奔，穿过冬日的枯林、旷野。他心里在疯狂般地呐喊着：

"紫薇，你在哪里？你在哪里？告诉我，用你的心灵告诉我！我们一向心灵相通，以前你失踪过一次，我都会在幽幽谷和你重逢！现在，用你的心灵，告诉我，你在哪里？你在哪里……"

他疾奔了一段，终于勒马站住。但见落日正在沉落。他看着落日，默然片刻，骤然用尽全身力气，对着落日狂呼："紫薇……"他那悲凉的声音，穿云透天而去。

后面马蹄传来，永琪骑马追了过来，喊着：

"尔康！"

尔康没有回头，永琪策马过来，停在他身边：

"尔康，回四合院吧！万一顾正有消息给我们，你错过了，不是不好吗？"

尔康抬头，凄苦地看着永琪：

"怎么会发生这样的事呢？为什么所有的悲剧，都围绕着紫薇？老天太不公平了！太不公平了！"

永琪深深地看着他，真挚地说：

"紫薇会没事的，我有强烈的感应，紫薇不会有事的！俗话说，'乌云遮不住天空，霜雪敌不过太阳'，紫薇在我心里，像天空，像太阳，不论有多少风霜雨露，终究会云散风清、阳光普照的！"

"说得好！"尔康感动了，"以前，紫薇受伤拔刀的时候，皇上说，他贵为天子，不许她有事，结果，紫薇果然好了！现在，你说这话，你是天子的儿子、你是阿哥，但愿你也有金口！"

永琪猛点头：

"如果阿哥就有金口，我从来没有一个时刻，这样感激上苍，让我是个阿哥！"

尔康和永琪互看，那份高贵的情谊，就在两人眼底闪耀。永琪一拍尔康：

"走吧！我们赶快回去等消息！"

两人回到四合院，小燕子已经烧了一些饭菜放在桌上，但是，所有的人，没有一个肯吃。

天黑了，月亮高挂在树梢。

尔康站在窗口一动也不动，像一座雕像。大家看着他，想着紫薇，大家的紫薇、温柔的紫薇、高贵的紫薇、可爱的紫薇，善解人意的紫薇……大家的心都痛得没有力气说话了。

就在这一片伤痛中，顾正突然来访。一进门就喊：

"萧剑！紫薇姑娘的事，有点眉目了！"

尔康、小燕子、永琪、萧剑全部震动了。尔康急喊：

"找到了吗？她在哪里？"

"她好不好？有没有受伤？"小燕子惶急地喊。

"不忙，不忙！我还没有找到人，但是，我有一个朋友，曾老板。这个洛阳城里的花街柳巷都是他的势力范围，我已经把紫薇姑娘失踪的情形告诉了他，他马上打听了一下，据说，紫薇姑娘可能陷在一个名叫醉红楼的地方……"

小燕子急急地问：

"那个'花街'是哪条街？专门卖花的吗？醉红楼是个什么楼……"

永琪急忙拉了小燕子一把。小燕子倏然醒觉，慌忙住口。

尔康眼神一痛，脸色如同白纸。永琪急呼：

"那还等什么？我们赶快去找这个曾老板吧！"

"是是是！我们快去……"小燕子跟着喊，就要冲出门去。

箫剑一拉永琪：

"那个地方，不是小燕子可以去的地方！你还是陪着小燕子在这儿等消息，我和尔康去找！"

"我要去，我要去……"小燕子喊着。

"听箫剑的，没错！"永琪拉住了小燕子。

尔康早已急步跟着顾正出门去了。

紫薇被关在一间狭小的房间里，不知道自己已经被关了多久。晚餐的时候，曾经有个女人给她送了饭菜来，但是，她一口也没有吃。她蜷缩在床上，惊恐地倾听着。

房门一开，两个大汉拿着鞭子走了进来。

"听说你不吃东西预备绝食，是不是？"一个大汉吼着。

紫薇一颤，无助地、徒劳地睁大眼睛，哀声地说：

"请你们放了我！求求你！"

大汉手里的鞭子对着虚空一挥，发出哗的一声响，紫薇一个惊跳。

"放了你？门都没有？进来了，就认命吧！姑娘！我们老板娘要知道你想通了没有？要不要好好地干？"

紫薇拼命摇头：

"这是不可能的……你们这样把我抓来，实在太伤天害理了……"

唰的一声，大汉一鞭子抽了过来。紫薇看不见，被打个正着，痛得缩成一团。

"这么漂亮的小脸蛋，打花了不是可惜吗？干？还是不干？"

紫薇痛得说不出话来，拼命摇头。大汉的鞭子又抽了过来。紫薇满床翻滚，鞭子唰唰唰地抽着：

"干？还是不干？"

紫薇蜷缩着身子，摸索着，摸到床的柱子。大汉扑了过来，唰的一声，撕破了紫薇的衣服，嚷着：

"妈的！到了'醉红楼'，还装什么三贞九烈？"

紫薇扶着柱子，跳下地，站了起来。

"想逃吗？你是瞎子，要逃到哪里去？你就逃逃看……我让你逃！"

紫薇痛喊："士……可……杀……不……可……辱！"就一头撞在柱子上。

紫薇跌在地上，额头上，立刻肿了一个大包。大汉大怒，把她拎了起来，看了看，没什么大碍，就把她摔在床上，大骂：

"撞头？你敢撞头？真他妈的寻死啊？你撞不死，我打死你……"

鞭子唰的一声，又抽了过去。

正在这时，房门砰的一声撞开了，老板娘急促地喊着：

"不要打了，这……大水冲了龙王庙……嘿嘿……"

尔康、萧剑早就冲进了房间，尔康一见这个情形，几乎整个人都爆炸了。他大叫一声，就飞扑过去，一拳一脚，两个大汉立即震得飞跌出去。撞到墙的撞到墙，撞到桌子的撞到桌子，两人重重地跌落在地。

紫薇不知道又发生了什么，惊恐地把自己蜷成一团，用手护住胸前被拉破的衣服，浑身颤抖。尔康痛喊：

"紫薇！"

他扑到床前，去抱紫薇。紫薇已经神志不清，惊恐地一缩，恐惧地问：

"是谁？是谁？不许碰我……不许碰我……"

尔康眼睛一闭，真是万箭钻心，天崩地裂，心痛如绞。他哑声地急呼：

"是我！是尔康，是尔康呀！紫薇……我的声音你听不出来吗？"

紫薇不敢相信，呆呆怔怔地、断断续续地说："尔康？尔康？不不！"她害怕极了，拼命往床里缩去："你骗我……骗我……我不要……不要……"

尔康脱下自己的外衣把紫薇包住，一把抱了起来，在她耳边心碎地说：

"山无棱，天地合，才敢与君绝！"

紫薇有了真实感了，头一歪，倒在他怀里，轻轻地吐出几个字：

"是你……尔……康！"

箫剑看到紫薇被弄成这样，目眦尽裂，瞪着曾老板和顾正，咬牙切齿地说：

"顾兄，我还要那个带走紫薇的人！"

顾正也义愤填膺，一本正经地回答：

"箫剑！你的意思我明白了！交给我吧，我不会放过他的！"

尔康和箫剑，终于救回了紫薇。

马车停在院子里，尔康抱着紫薇下了车，走进客厅。小燕子像箭一样冲了过来，看到紫薇回来了，就惊喜地、痛悔地扑了过去，喊着：

"紫薇！紫薇……谢天谢地，你回来了，尔康他们把你找到了……我真对不起你，我是混蛋，我是大杂碎，我是猪！是狗！是神经病！你……流血了……我去拿药箱……我去拿紫金活血丹和白玉止痛散……"

尔康看着遍体鳞伤的紫薇，对小燕子更是有气，抱着紫薇一退，愠怒地说：

"你离我们远一点，再也不用你来管我们的事！你让开！"

小燕子像被打了一棒，踉跄后退，睁大了噙着泪水的眸子，痛楚地看着尔康。

永琪着急得上前，看看狼狈的紫薇，再看面如白纸的尔康，急促地说：

"尔康，人找了回来，你就不要生气了！紫薇怎会弄成这样？她被谁带走了？被谁欺负了？我们赶快给她上药、换衣服……小燕子！你去给紫薇找一身干净衣服，我去井边提水。先给她清洗一下，检查一下有多少伤口……"

尔康再一退，硬邦邦地说：

"不劳费心！你们都让开，我自己会照顾她！"

尔康就抱着紫薇，走进卧房里去了。

永琪一愣，半晌无语。然后，抬起头来，看着萧剑。萧剑摇摇头，沉痛地说：

"我们在一家妓院找到她，她已经被打得遍体鳞伤，衣服也撕破了，头上的伤口，是撞柱子撞的！还好，她拼死保住了她的清白！"

小燕子一听，紫薇居然被弄得这么惨，就用手捂住嘴，眼泪不停地掉，语不成声地说："妓院？老天啊！紫薇怎么受得了？尔康永远都不会原谅我，紫薇也不会原谅我，我自己也不会原谅我……"说着，就用双手捶着自己脑袋："我怎么这样糊涂？我除了闯祸，还会做什么？还会做什么……"

永琪急坏了，拼命去拉住她，说：

"不要这样子！紫薇眼睛看不见，陷在妓院一定受了好多的委屈、好大的打击，满身都是伤口，这个时候，她会需要你的！你不要被尔康的态度给吓住，尔康是太心痛、太难过了，才会这样！你是紫薇的姐姐，不管尔康给你多大的难堪，你还是要去照顾她呀！"

"我算是什么姐姐？我算是什么狗屁姐姐？我把紫薇害得这么惨！我该被乱刀砍死、被五马分尸！紫薇……她一定恨死我，她再也不会要我这个姐姐了……"

萧剑看着这一切，深深震撼着，就走到窗前坐下，拿出自己的萧，吹了起来。

萧声绵绵袅袅，有如天籁般响起，带着无比平和的镇定力量。

小燕子终于平静下来了。

尔康抱着紫薇，走进房间，把她小心翼翼地放上床。他就坐在床沿上，拉开那件包着紫薇的外衣，想去查看她的伤势。

紫薇一颤，迅速地用手拉紧了衣服。

尔康怔了怔，不敢刺激她，急忙拉开棉被，把她盖住。他握住她的手，痛楚地、温柔地、请求地说：

"紫薇，我必须给你检查一下，我不知道你身上有多少伤。我们两个已经这样好、这样密不可分，我们的心灵，早已结合成一体，你还在乎让我检查吗？给我看看，好不好？"

紫薇拉紧衣襟，拼命摇头。

"好好！我不碰你，你不要紧张。可是，你头上的伤口，一定要处理，我去提水，我去拿药……只离开你一下下，好不好？"

紫薇紧紧地攥着他，不说话，也不放他走。尔康凝视着她，心中的痛楚像潮水一样汹涌，充塞在四肢百骸里。他不知道要怎样来表达心中的怜惜和悔恨，更不知道怎样才能安慰她，才能治好她心灵和肉体双重的创伤。他俯下身子，把嘴唇贴在她的额头上，就这样熨帖着她，好久都没有动。然后，他抬起头来，凄苦地、仔细地看着她，低声问：

"紫薇……你是不是在生我的气？我答应过你，要保护你，要当你的眼睛，当你的拐杖，可是，我居然放掉了你的手……我一直怪小燕子，其实，我应该怪的是我自己！就算问路，我也应该牵着你的手去问，不该把你交给小燕子……我让你在失明的无助和痛苦下，再饱受身心两方面的摧残……自从认识你以来，我为了你几度尝到'万箭穿心'的滋味，但是，都没有这一次这样强烈！我心痛自责到快要死掉了……紫薇，你还会原谅我吗？"

一直没有力气反应的紫薇，听了尔康这番话，再也忍不住，泪珠滑下了眼角。

尔康用手指抹掉了那泪珠，也痛楚得无力说话了。

这时，小燕子悄悄地推开房门，蹑手蹑脚地走了进来。她手里捧着一盆干净的水和帕子，匆匆地放在桌上，就悄悄地退出门去。

这小小的声音，仍然让紫薇惊动了，她侧耳倾听着。

房门又悄悄地推开，小燕子再度蹑手蹑脚地走进来，把医药箱放在桌上，药膏药瓶通通放上桌。然后，她红着眼眶，飞快地扫了紫薇和尔康一眼，再退出门去。

紫薇吸了口气，精神和心力都在慢慢地恢复。她紧握了尔康一下，终于开口了：

"尔康……"

"是！"尔康一振，慌忙应着。

"给我喝一口水！"

"是!"

尔康放开紫薇,奔到桌前,倒了一杯茶过来,扶着紫薇,看着她喝下去。

紫薇喝了水,似乎好多了,依偎在尔康怀里,振作了一下自己,轻声地说:

"还好,我没有失身,我还是你的紫薇,干干净净的紫薇……我好怕我会保不住自己,好怕好怕……"

尔康一听,更是心疼得一塌糊涂:

"我把你陷进这种地方,让你受到这种屈辱,我真的……太难过了……"

紫薇再振作一下,就用手摸索着尔康的脸,怜惜而深情地说:

"我……没事了!你不要自责、不要痛苦了!今天发生的事,完全是个意外,我们每一个人,你、我、小燕子……都没有准备好如何适应有个盲人的生活。我们大家都在'摸索',所以,才会有状况发生!我承认,我吓坏了!但是,现在,我又回到你的身边,感觉到你握着我的手,听到箫剑在吹箫,感觉到小燕子跑出跑进,知道我们又在一起了……我好幸福!有你们大家这样爱着我,每次,都在我最危险的时候,把我救出来……我感动都来不及,怎么会怪你呢?"

尔康听到紫薇这样一篇话,太激动了,悲喜交集:

"你说了这么多好话!而且说得这么好,这么体贴,这么有条理!你怎么不骂我怪我,责备我呢?我挨了骂,可能会舒服一点!你非但不骂我,你还安慰我!你……实在太好太好了！"

这时，小燕子又轻轻地推开门，捧了一个托盘进来，里面放着热腾腾的饭菜，她把托盘放在桌上，祈谅地双手合十，对尔康拜了拜，指指饭菜，就转身向外走。

紫薇听着声音，忍不住喊：

"小燕子？小燕子……是不是你？怎么都不理我呢？"

小燕子站住了，回头看紫薇，眼泪汪汪，怯怯地、小小声地回答："是我……我给你送一点吃的东西来，你知道我不会烧菜，好难吃，你马马虎虎吃一点……我不吵你了……我走了……"说着，一面擦眼泪，一面往外走。

"小燕子！"紫薇喊，"你要去哪里？我需要你帮忙呀！"

小燕子一听，受宠若惊，喜出望外，乒乒乓乓地冲了过来，眼睛闪亮地喊着：

"是吗？是吗？紫薇，你要我帮忙？我没有听错吗……"

"怎么会听错呢？"紫薇说，"我看不见，你不帮我，我怎么办呢？"

小燕子站在紫薇的床前，目不转睛看着她，不相信地说：

"紫薇……你还认我？你还把我当姐姐？你还要我帮忙？"

"什么'认不认你'？"紫薇惊愕地说，"怎么分开一下子，你说的话我都听不懂！"

"我不配当你的姐姐呀！尔康把你交给我，就那么一点点时间，我居然让你被坏人抢走……我看到那个围棋，就把什么都忘了！我太坏了，坏得莫名其妙、坏得岂有此理、坏得乱七八糟，坏得不得了！你打我吧！"小燕子说着，就抓着紫薇的手，噼里啪啦地打着自己，"如果你不要认我这个姐姐了，你就坦白告诉我……尔康说，以后我们大家分手，各走各的路……可是，我……我……我舍不得你们呀！"

紫薇抽回了自己的手，不肯打小燕子，惊喊：

"尔康！你为什么要这样说？为什么要吓小燕子？我们大家，不是一家人吗？不是有福同享，有难同当吗？"

尔康看着这样的紫薇，心里充满了感动，深深地叹了一口气，低声说："你不见了，我就语无伦次了！好……"他抬头看着小燕子："我收回那些话！不再怪你了，不再气你了！"

小燕子听到尔康这样说，好感动，好感激，哇的一声，又哭了。

紫薇就伸手紧紧地握住了小燕子的手，喊道：

"傻瓜！我已经看不见了，如果你再跟我分手，谁来帮助我呢？谁来照顾我呢？我离不开你们每一个人啊！何况，拜把子是拜假的吗？玉皇大帝和阎王老爷都看着我们呢！小燕子，不要再说傻话了，我们一起上过断头台，一起坐过监牢，一起干下许多轰轰烈烈的事，一起逃出'回忆城'……世界上哪儿再找得到比我们更密切的姐妹呢？我们这种情谊，是没有任何力量可以分裂和拆散的！你永远是我的姐姐！你赖都赖不掉了！"

"紫薇！"

小燕子喊着，伸手一抱，两个姑娘就紧拥在一起。

旁观的尔康，喉咙口哽着，眼睛湿漉漉。

半晌，紫薇推开了小燕子，哑哑地说：

"小燕子！赶快帮我找一身干净的衣服……我只要一想到我在那个妓院里待了大半天，我就浑身发毛！我要好好地洗一个澡，才有心情吃东西！尔康，你把我弄丢了……罚你去给我烧洗澡水！"

尔康看到紫薇又活过来了，被她鼓舞着，感动地、有力地应道：

"是！"

"哪里还轮得到尔康去烧洗澡水，永琪和箫剑已经烧了几大桶！"小燕子嚷着，"尔康，你只要去提进来就是了！"

"是！"尔康再应着，这才含笑带泪地出去提水。

"小燕子！你也要罚……"紫薇再说，"罚你帮我洗澡！"

小燕子笑了，屈了屈膝，一甩帕子，大声应着：

"喳！奴婢遵命！"

第十一章

这天，阳光灿烂地照射着。

在四合院的院子里，小燕子忙忙碌碌地摆了一个香案，插上香，摆上水果。紫薇神清气爽地坐在一张椅子里，尔康坐在她身边。永琪、萧剑都好奇地看着小燕子，不知道她要做什么。

小燕子摆好香案，就虔诚地在香案前一跪，双手合十，对着天空说：

"天上的各路神仙！玉皇大帝、如来佛、王母娘娘、观音菩萨……你们听着，你们看着，我小燕子在这儿对天发誓，如果我下次再毛毛躁躁，耽误大家的事，害紫薇受伤，我就会被闪电劈死，被毒蛇咬死，被马车撞死，被敌人打死，被河水淹死，被绳子勒死，被蜜蜂螫死，被尔康掐死……"

大家睁大眼睛看着她，见她说得一本正经，都不好去打断她。

尔康听到"被尔康掐死"这种话都出来了，就忍不住上前了，说：

"好了！不要发誓了，过去的事就让它过去，有句话说，'前事不忘后事之师'，有这样惨痛的经验，以后不要再犯就好了！"

"什么'前面石头后面狮子'？"小燕子抬头看着尔康，说，"这种绕口令我听不懂，但是，你是不是不生我的气了？"

尔康笑了，对于自己的坏脾气，也有一点歉意，诚挚地说：

"你这两天，表现这么好，自己下厨房，做东西给每一个人吃，照顾紫薇。大门不出，二门不迈！实在值得奖励，我看了，感动得不得了，不怪你了！不生气了！"

永琪就心疼地走过去，把小燕子搀了起来，说："好了好了！不要跪在这个硬邦邦的地上了！你的诚心诚意，大家都了解了。"说着，也抬头看着尔康："你的气消了吗？不和我们'各奔前程'了吗？大家讲和了吗？"

尔康的手，重重地搭在永琪的肩上，惭愧地说："一时情急说的话，你们不要放在心上了！我给大家道歉！"说对众人一抱拳："各位，包涵了！"

箫剑感动地一笑，说：

"我要去买一点好酒，管他什么状况，我想喝酒！庆祝我们大家又一次'劫后重生'！"

"你们知道我想干什么吗？"紫薇微笑地问。

大家全部热心地扑过去，七嘴八舌地追问：

“想干什么？想干什么？”

“我好想念我的琴，可惜没有把琴带来！”紫薇怀念地说，“那天听到萧剑吹箫，我就技痒起来，眼睛看不到了，弹琴大概不会受影响吧！”

尔康就积极地说：

“我去帮你买一把琴来！洛阳这么大，应该也有乐器店吧！”

“不要买了！”萧剑说，“我帮你做一个！你弹十五根弦的琴，还是二十一根弦的琴？”

“二十一根！”

“好！”萧剑一点头，“二十一根弦的琴！我帮你做，做乐器，我是学过的！你知道最好的琴弦应该用什么材料吗？”

“不知道！”

“应该用马尾的毛！”萧剑说，“但是，不能太粗的毛，也不能太细的毛，要马尾巴中间的，不粗不细的那几根！等我做好了，你一弹才知道其中的美妙！”

尔康惊看萧剑，忍不住问：

“萧剑！你到底是谁？”

萧剑眼光一闪，大笑说：

“这是一句什么话？我们朝夕相处，肝胆相照，还问我是谁？”

尔康深思地、研究地看着他：

“和你接触得越多，越觉得你深不可测！你交游满天下，机智过人，黑白两道，都有来往，东西南北，没有地方不熟悉！在北京，你有老欧，在洛阳，你有顾正！在其他地方，大概还有很多意外等着我们发现！再加上你的武功、你的箫、你的诗，你还会做乐器……你这种人物，怎么会埋没在江湖？"

"你把我说得太神了！什么'深不可测'？这四个字应该用在你们身上！我和你们交往以来，才知道什么是'友情'、什么是'真情'，什么是'爱情'，什么是'亲情'……这些，都是我一辈子没有接触过的！在你们这种'深不可测'的感情里，我觉得……我整天被你们感动来感动去、被你们影响同化，已经忘了自己是谁了！"箫剑说着，就大笑起来，"哈哈！我去找木材，给紫薇做琴！"

箫剑就扬长而去了。

小燕子一脸深思的表情，看看紫薇，转着眼珠。箫剑要给紫薇做琴，自己也应该尽点力吧！此时此刻，小燕子真恨不得为紫薇做牛做马，来赎回自己的罪孽。

于是，小燕子不声不响地去了马房，把一匹马从马房牵了出来。

走到后院的空地上，她站住了，拍拍马脖子，说：

"好了！好了！就站在这儿，别动！"

马站住了。小燕子就对着那匹马，一本正经地说道：

"马儿！你听好，我要跟你要一点东西！这点东西，对你没有什么用处，对紫薇可大大有用！紫薇对我那么好……我害她受了那么多苦，她都原谅我，还帮我骂尔康……这种妹妹，哪儿去找？所以，我现在要帮箫剑给她做一个琴！这个琴呢，需要你尾巴上的几根毛！所以，我要在你的尾巴上拔毛了！你跟我合作一点，不许踢我！听到没有？"

她对马儿说了一大篇话，就认为已经把马儿"搞定"了。于是，她走到马尾的方向，有点害怕，又拍拍马屁股说："马儿，我先给你'拍马屁'！我多拍两下，你千万千万不可以生气哟！"就唱歌似的，一面拍马屁，一面唱着："马儿好，马儿妙，马儿呱呱叫！给我几根毛，做个好宝宝……好了！我要拔毛了！"

小燕子就一掀马尾巴。

岂料，马儿一声长嘶，整匹马直立起来，四蹄飞踹。小燕子一根毛都没拔到，就被那匹马踹翻在地了。小燕子痛得龇牙咧嘴，躺在地上对马儿伸拳头。

"马儿！你实在不给面子！尾巴上几根毛，你也小气？你简直是那个那个……"转动眼珠，想了起来，"那个'一毛不拔'！现在，我才懂了，为什么小气鬼要说'一毛不拔'了！原来是这个原因！"

小燕子哼哼唧唧地爬了起来，揉着摔痛了的屁股，再歪着头研究那匹马。那匹马似乎也知道小燕子对它不怀好意，也瞅着她。一人一马，就这样你看我，我看你，对峙了好一阵子。然后，小燕子一甩头说：

"你喜欢被人骑，是不是？好，我先骑上马背再说！"

小燕子就反着身子跃上马背，脸对着马屁股。她坐稳了身子，发现马儿没有敌意，就把整个身子趴在马背上，再拍拍马屁股，说：

"好！我骑着你，你有'安全感'了吧？我是你的'主人'，不是你的'敌人'，懂了吧？好！我要拔毛了……"

小燕子就捞起了马尾巴，嘴里还念叨着：

"不能太粗，不能太细，要中间的那几根……"

这一下，那匹马儿大受惊吓，一声长嘶，拔腿就跑。小燕子大喊："马儿！马儿！不要跑啊……"她怕摔，紧抱着马屁股，趴在马背上。

马儿就带着一个倒骑着马的小燕子飞奔起来。小燕子觉得不妙了，大叫：

"救命！救命……不好了！救命啊……"

小燕子的喊声，惊动了萧剑，奔了过来，一见到这种状况，大惊，喊：

"小燕子！你这是在干什么？表演马术还是特技？小心……"

说时迟，那时快，小燕子已经从马背上摔了下来。萧剑冲上前去，急忙一接，小燕子落在萧剑怀里。

这时，永琪也听到了声音，冲了过来，正好看到小燕子躺在萧剑怀里。永琪顿时脸色一变。马儿还在奔跑，小燕子大喊：

"永琪！你赶快拦住那匹小气马！别让它跑了！我们只有这两匹马，还要它拉车呢！"

萧剑放下小燕子，惊魂未定，瞪着她问：

"你到底在做什么？为什么要倒着骑马？"

永琪拉住了那匹马，牵着马走过来，也纳闷儿极了，问：

"你好端端的，怎么惹了这匹马？"

"我跟你们说，这匹马太不够意思了！"小燕子气呼呼地喊，"我不过要拔它几根毛，它就对我又踢又踹，害我摔了一个大斤斗！我骑上去，它也不许我碰它的尾巴！"

永琪惊愕得张大了眼睛：

"拔它几根毛？你要拔它的毛？它怎么得罪你了？"

"不是得罪我了……是要帮紫薇做琴呀！不是要马尾巴上的毛吗？我跟它商量了好半天，它还是不肯给我！简直是'一毛不拔'！"

"小燕子，你会了一句成语！"永琪惊喜地说。

箫剑看着他们两人，笑着摇摇头，走进马房，拿了一把大剪刀出来。

"如果做琴的人，都像你这样去拔马尾，大概全体被马踢死了！哪有这么笨呢？"箫剑举起剪刀，说，"你看好了！拿一把大剪刀，乘这匹马儿不注意的时候，唰的一下子，剪下一撮毛来……"一边说，一边已经眼明手快地剪下一撮马尾来："剪下来了，再慢慢地挑！懂了吗？哪有人倒骑在马背上对着马屁股拔毛的？你没有被踢死，没有被摔死，算你命大！"

小燕子看得目瞪口呆，对箫剑佩服得五体投地：

"啊……原来这样简单啊？我真笨！笨死了！箫剑！你好伟大！你好聪明！你什么都会，你真了不起！"

箫剑深深地看着她，满脸的笑意。

永琪看着两人，突然落寞起来，觉得被什么东西刺痛了。

琴做好了。

这天，大家都坐在房间里，围绕着紫薇，听她弹琴。

紫薇的手指，熟练地滑过了琴弦。琴声叮叮咚咚，美妙地响着。紫薇惊喜地说：

"这马尾做的琴弦，真的不同凡响！"

"这弹琴的人，才真的不同凡响！"箫剑也惊喜地说。

尔康用手托着下巴，只是痴痴地看着紫薇。紫薇弹完前奏，就扣弦而歌，唱着：

梦里听到你的低诉，

要为我遮雨露风霜，

梦里听到你的呼唤，

要为我筑爱的宫墙，

一句一句，一声一声

诉说着地老和天荒！

梦里看到你的眼光，

闪耀着无尽的期望，

梦里看到你的泪光，

凝聚着无尽的痴狂，

一丝一丝，一缕一缕

诉说着地久和天长！

天苍苍，地茫茫

你是我永恒的阳光！

山无棱，天地合

你是我永久的天堂！

尔康听着紫薇的歌，看着她的人，更是如醉如痴了。

紫薇弹完了琴，停止了唱歌，大家仍然陶醉感动在歌声里，都久久无言。紫薇一叹，说：

"虽然我的眼睛看不见了，但我还能弹琴、还能唱歌、还能感觉你们大家对我的好……生命，还是很美妙的！"

"紫薇！你弹得太好了，好听得不得了！"小燕子赞美着。

"有你卖命给我'拔马尾'，做了这么名贵的一张琴，我弹得得心应手！"紫薇笑着对大家说，"谢谢你们大家！"

正说着，外面传来敲门声。柳红的声音响了起来：

"有人在家吗？"

众人全部惊跳起来。永琪惊喊：

"是柳红！他们赶到了！"

紫薇就惊喜地站起身子，喜悦地喊：

"金琐！金琐……是不是金琐来了？"

尔康急忙上前，搀扶着紫薇。

小燕子早已把房门打开，只见柳红兴奋地奔进门来。

"哈！总算找到你们了！"柳红嚷着，"你们未免太小心了吧？记号留得那么少，害我找来找去找不到，跑了好多冤枉路，差点离开洛阳，继续往南边走了……"

小燕子不等柳红说完，就拉住她，嚷道：

"怎么只有你一个人？柳青和金琐在后面吗？"

柳红有一肚子的话要说，抬头看紫薇：

"紫薇，柳青有一句话要我带给你，我这人肚子里也藏不住话，我就直接说了！他说，他问你要了金琐！"

"他……什么？要了金琐？"紫薇愕然地问。

"是呀！"柳红欢声说，"金琐摔到悬崖下面，脚受伤了，柳青帮她接骨……"

"金琐的骨头怎样？接骨？难道骨头断了？"紫薇惊问。

"你不要着急，骨头没断，脱臼了！还好柳青会接骨，已经帮她接好了！不过，两人经过这样一场灾难，不知道怎么就情投意合了……我看他们那个样子，就像小燕子常说的话，是'快乐得像老鼠'……所以呢，因此呢，大概呢，一时之间，他们也追不上我们了！"

小燕子睁大眼睛，惊喊：

"哇！分别没有多少天，居然发生了这样的好事！金琐和柳青……他们真是慢半拍！认识了这么久，现在才对上眼！哎呀，太好了！紫薇，是不是太好了？"

紫薇喜出望外，抓着尔康的手，喊道：

"尔康！尔康……她找到了自我，也找到了幸福！你的坚持是对的！你一直有先见之明……她终于拥有属于她的'情有独钟'了！我太高兴了，太太高兴了！可见，老天对我们还是很好，是不是？"

尔康感动着，放下一个心事了，深切地凝视着紫薇：

"是！老天对我们都很好，除了对你……如果你的眼睛能够好起来，我想，我对我们所有的磨难、所有的遭遇，都再也不会有怨言了！"

柳红直到这时才发现紫薇有些不对劲，赶紧看着紫薇问：

"眼睛怎样了？紫薇，你的眼睛出了什么问题？"

"她的眼睛看不见了！"永琪难过地说。

"什么？看不见了？怎么会看不见了呢？有没有看大夫呢？"柳红急急地问。

"已经把洛阳的大夫都看完了！"小燕子小声地说。

柳红大震，不敢相信地瞪着紫薇。紫薇就嫣然一笑，欢声说道：

"看不见也有看不见的好处，现在，听觉比以前强多了！一片叶子落在地上的声音，我都听得到！你们叹气的声音，你们心里的惋惜，我都听得到！当你看不见的时候，你的感觉会特别敏锐，感觉到许多以前感觉不到的东西！我觉得很幸福，所以，你们不要为我伤感了！"

大家面面相觑，彼此互看，都为紫薇深深难过着，却没有人敢表示出来。

尔康就下决心地说：

"好了！柳红已经归队，金锁和柳青也有了下落，我想，我们不要再在洛阳耽搁了，这儿的大夫，都已经看过了！我们不如改道去均县，从均县去襄阳！萧剑，你在均县和襄阳有熟人吗？"

"虽然没有，可以随时建立！人与人之间，都是从陌生变成知己的，就像我们大家一样！好吧！我们马上动身！去均县！"

马车在山谷中行行重行行。

萧剑和永琪坐在驾驶座，驾着马车。马车在崎岖的山路上走了一大段，忽然，前面豁然开朗，来到一个山谷，只见一条溪流，蜿蜒而过。流水玲玑，鸟声啁啾。水边，巨石嵯峨，山明水秀，风景如画。萧剑一拉马缰，马车停了：

"走了大半天，连一个农家都没看见！这儿有水，我们休息休息！"

小燕子和柳红跳下车。尔康搀着紫薇也下了车。

小燕子看到有水，就和柳红拿了水壶去盛水。

"哇！好清的水，不知道有没有鱼？我们来钓鱼好不好？"小燕子嚷着，就扬着声音问，"萧剑，你会不会做钓竿？我们来比赛钓鱼！"

"这个时候，你还有心情钓鱼？"永琪问。

"为什么没有心情？我们不要把自己当成在'逃难'，我们要把自己当成在'游山玩水'！不管多苦，还是要开开心心才好！"小燕子说。

尔康扶着紫薇，小心翼翼地走着。

"来！走这边！我扶着你，小心，地上不平，有好多石头！"

尔康把紫薇扶到一块大石头上坐下。

小燕子看着水，忽然惊喊起来："紫薇！紫薇！水里真的有鱼耶！你看，你赶快来看！它们好自在啊！"就比手画脚地说道："鱼儿在水里溜来溜去，溜来溜去……"她忽然想到紫薇看不见，声音就低了下去："对不起……紫薇，我忘了你看不见……"

紫薇却若无其事地晒着太阳，笑着问：

"小燕子，这个'溜来溜去'的'溜'字怎么写？你知不知道?"

小燕子转动着眼珠,存心要让紫薇开心,就欢声地接口:

"'溜'字?当然知道了!在水里面来来去去就叫作'溜',所以,'溜'字,就是水字边再加一个'去'字!"

果然,紫薇扑哧一声,笑了。柳红就去打小燕子,嚷着:

"你别气死人了,这个水字边一个去字,念作'法'!和尚作'法事'的'法'!'犯法'的'法'!连我都知道!你居然有本事念成'溜',不佩服你都不成!"

"这中国的文字,太怪了!明明是'溜'字,它要念作'法',不是太怪了吗?不是我不会念,是造字的人,脑筋有问题!"

尔康看到紫薇笑了,心里激荡着感动,就凑着紫薇的兴致,说道:

"小燕子!我说一个笑话给你听!以前有个秀才,和你一样聪明,也把这个'法'字念成'溜'字!后来碰到一个和尚,那个和尚偏偏认得这个'法'字,两个人就吵了起来!一吵,就吵到县太爷那儿,谁知道,这个县太爷也和你一样聪明,不认得几个字,心想当然是秀才对。就判定这个字念'溜'!和尚不服气,在公堂上大吵大闹,咬定这个字念成'法'!县太爷一生气,就叫人打和尚五十大板。和尚一面挨打,一面高声念:'自从十五入溜门,一入溜门不二心,今天来到溜堂上,王溜条条不容情!'县官别的也听不懂,最后一句听懂了,生气地喊:'王法条条,怎么念成王溜条条?'和尚哭着说:'大老爷要溜,小的只好溜!'"

尔康的笑话说完，众人就哄堂大笑起来。

箫剑好感动地看着大家，就坐在水边石头上，吹起箫来。

大家苦中作乐，气氛好极了。

忽然，马儿一声长嘶，紫薇整个人惊跳起来，惊慌地大喊：

"追兵来了！追兵来了……"

尔康赶紧抓住紫薇的手，说：

"不要怕！不是追兵，只是马儿……"

尔康话没说完，蓦然之间，四周岩石后，十几个黑衣人飞扑而至，个个手持武器，直扑六人。箫剑大喊：

"保护小燕子和紫薇要紧！"

箫剑就拔剑在手，和那些黑衣人打了起来。柳红、永琪立刻跃起身子，和敌人奋战。小燕子大喊：

"又来了！以为我们好欺负！你们人多，是不是？左来一次，右来一次？来！打就打！只要不用渔网，谁怕谁？我跟你们拼了……"

小燕子就一头飞撞过去，对方立刻举刀相对，小燕子的头，就对着刀锋冲去。永琪和箫剑大惊，双双没命地扑过去抢救小燕子。大家就大打起来。

尔康拔出腰间的鞭子，保护着紫薇，鞭子舞得密不透风，不让任何人接近紫薇，嘴里不断喊着：

"紫薇！你不要怕，有我保护你，你就坐在那儿，千万不要动！"

紫薇拼命向四周看来看去，奈何什么都看不到，只听到四周刀锋划空，武器相撞，乒乒乓乓，呼呼作响……吓得魂飞魄散，动也不敢动。

这次的黑衣人，和上次完全不同，个个带着武器，下手狠毒。有几个黑衣人，就专攻尔康，招招进逼，尔康顾此失彼，其中一个，长剑一剑劈向紫薇头顶，下手之狠，明显要夺去紫薇性命。尔康大惊，及时一鞭挥去，卷飞了长剑。尔康伸手抱住紫薇，想跳出战场，黑衣人一剑攻来，哧的一声，在尔康手腕上留下一道血痕。另一个黑衣人，就挥剑对着他头上砍下。

尔康抱着紫薇，就地一滚，躲开了那一剑，孰料另一个黑衣人持剑直刺下来。

箫剑及时赶到，一剑挑开了敌人的长剑。紫薇听着声音，胆战心惊：

"尔康！你受伤了？是不是？放下我，不要管我了！"

尔康抱着紫薇闪开，大叫：

"来人是谁的部下？为什么要下杀手？你们难道不知道我们的身份吗……"

尔康话没说完，对方又一剑刺来。尔康没有时间再说话，只能全力应战。

小燕子、永琪、柳红、箫剑也和敌人打得难解难分。敌人一剑，直奔永琪面门，永琪一躲，后面又一剑刺来。永琪直跳起身，才落地，又一剑刺来，招招都要置永琪于死地。永琪急了，一面奋战，一面大喊：

"来人是谁？报出名来！对我，也敢下杀手？"

迎面的一个黑衣人，正是皇后的杀手巴朗，用黑巾蒙着口鼻，阴恻恻地说：

"我们奉旨，格杀勿论，取你们的首级去复命！无论是谁，一概杀无赦！"

"奉旨？杀无赦？"永琪大受刺激，猛然一剑刺向敌人，锐不可当。

永琪在这边奋力抵抗巴朗，尔康那边已经情况危急。主要是因为他要保护紫薇，难免捉襟见肘，顾此失彼。何况来人众多，个个武功高强。他刚刚抱着紫薇闪开一鞭，忽然看到一把长剑，直刺向紫薇。他大惊失色，急促中，只能用身子一挡，那把剑就噗的一声刺进他的肩头，他踉跄后退，紫薇跌落在地。

紫薇看不到，听着声音，心魂俱裂，大喊道：

"尔康！不要打了，我们投降吧！我们跟他们回去吧！"

紫薇话没说完，敌人舞着一个大铁锤，直打紫薇的面门。尔康带着伤，拼命护着紫薇，空手就去抓那个铁锤，一把把铁锤抢下。

箫剑一面打，一面回头看了一眼，大喊道：

"尔康！你不能再顾念他们是皇室的部下了！来人个个狠毒，要取你们的性命！你还在那儿束手束脚，手下留情，那怎么行呢？"

尔康被提醒了，知道这已经是生死关头，再不拼命，会被赶尽杀绝，心里一痛，怒吼一声：

"皇上既然要格杀勿论，对我们杀无赦！我福尔康再也顾不得君臣之义了！"

说着，他就飞舞着铁锤，滴水不漏地攻向敌人，瞬息间，打倒了两三个。他红了眼，再一阵猛攻，敌人竟被纷纷打退。但是，他这样一用力，肩上的血，就点点滴滴洒落在地。

这一边，永琪护着小燕子，也打得非常狼狈。巴朗招招下狠手，打着打着，唰的一声，永琪手腕上挨了一剑。永琪的剑落地，巴朗就一剑直刺永琪心口。小燕子惊喊：

"永琪！小心！"

小燕子就飞扑过来，空手去抓那把剑。

永琪看到小燕子这样拼命维护自己，大震，狂喊：

"小燕子……"

危急中，箫剑飞扑过来，撞开了小燕子，挥剑对敌人刺去，把那人刺倒在地。

这一下，箫剑怒发如狂了，大喊：

"我箫剑曾经对师父发誓，绝不伤人性命，今天，要违背誓言了！"

箫剑喊完，就像闪电般，持剑迅速地刺向敌人，转瞬间，一片"哎哟"之声，敌人倒了一地。巴朗眼看不敌，一声呼啸，其余的敌人就跟着飞窜而去。

小燕子拔脚就追，大喊：

"你们这些王八蛋！要逃到哪里去？"

"小燕子！不要追，我们这儿伤兵累累！"柳红急喊。

紫薇跌在地上，魂飞魄散地喊着：

"尔康！尔康……你在哪里？"

尔康用手握着露在肩头外面的剑柄，用力拔出了那把剑，伤口顿时血流如注。他跪落在紫薇身边，扶起紫薇。手臂上的血，滴滴答答落下。

"我在这里，你有没有受伤？有没有？"

"我没有！你呢？你呢？"紫薇喊着，伸手去摸尔康，摸到一手的血，立即尖叫失声，"尔康……"

尔康咬牙说道：

"紫薇，没想到你那个皇阿玛，对我们这样心狠手辣！我一招招留情，他们一招招都是杀手……你别急，我没有关系，一点小伤，不碍事……"

"什么小伤？"紫薇惊喊，"不要骗我了！你在流血，我的天啊！你伤在哪里？在哪里？"她又急又痛，一跪落地，仰首向天，凄厉地狂喊着："老天！让我看见！让我看见……我要看到他，我要照顾他呀……老天啊！让我看见吧！"

尔康脸色惨白，已经摇摇晃晃，听到紫薇这样一喊，就挺直身子，坚强地说："紫薇！不要怕，流一点血，要不了我的命！我还要保护你呢！我不能倒下，也不会倒下！"说着，就一个踉跄。

这时，箫剑、小燕子、永琪、柳红都跑了过来，箫剑一把扶住了尔康。

"尔康！你怎么流了这么多血……"小燕子惊喊出声。

紫薇一晃，就要晕倒。柳红急忙扶住紫薇，嚷着：

"赶快上车！箫剑，你驾车！我和小燕子来帮他们止血！"

箫剑看了看尔康的伤势，当机立断地说：

"我们不能去均县了！敌人已经掌握了我们的路线，往均县走会自投罗网！他们两个需要大夫，我们回洛阳！回四合院去！大家赶快上车！"

大家就匆匆上车。萧剑一拉马缰，马车飞驰。

车里，柳红撕开一件衣服做成绷带，喊道：

"小燕子！你扶着尔康的手，我要给他止血！"

小燕子扶起尔康的左手臂，柳红撕开他的衣服，检查了一下伤口，看到伤口那么深，心里实在担忧，看看已经急得面无人色的紫薇，不敢表示什么，只得先用止血散撒在伤口上，再给他包扎起来。

"还好是左手，但是流血这么多，一定伤到大血管！尔康，你躺下来吧！"

紫薇紧张地听着，害怕着，心慌意乱。尔康始终用没有受伤的右手握住她的手。紫薇小小声地问：

"还有没有流血？还有没有？你躺下来，躺在我身上！"

"没有了，血已经止住了！我还是坐在这儿比较好！"尔康说，拼命撑着，不让自己倒下去。

"永琪！轮到你了！"小燕子拿着药和绷带喊。

"永琪，你也受伤了吗？伤在哪儿？"紫薇更慌了。

"我没事！只是手腕划破了，一点点伤！"永琪赶紧说。

柳红再给永琪上药，绑住伤口，还好，永琪的伤口不深，流血也不多。永琪倒不担心自己，非常担心尔康，急促地说：

"小燕子！车上有紫金活血丹，有白玉止痛散，你赶快找出来，我们先吃了再说！"

小燕子找出了药，拿着水壶，柳红忙着给两人吃了药。

紫薇坐在尔康身边，紧紧地握着他的右手，哀声地说：

"尔康，我认输了！我们回去吧！我的眼睛看不见，你和永琪都受伤了，再下去，会碰到什么事，我们都不能预料！那个大理，虽然很美，但是，离我们越来越远了。我好怕……我失去勇气……我觉得，我们已经被逼到最后关头，走投无路了！"

尔康忍着痛，撑着自己，大声地说："怎么能认输？我不认输！我不投降！我很好，好得不得了！你看不见，才以为我伤得很重，其实，只是一条小口子！一点都不痛！哈哈，没想到，我福尔康今天的敌人，是皇上！我真正的伤口，不在手臂上，在心里！"说着，痛定思痛，就放开紫薇，用右手狠狠地打着胸口："在这儿，皇上捅了我一刀，在这里！"

柳红急忙拉住他：

"你不要再乱打乱动了，好不好？"

永琪听到尔康这样说，心里的痛楚，就排山倒海一样地涌来。他的伤痛，更胜尔康。怎么会料到，有朝一日，自己的父亲，会派了杀手来杀掉自己？他激动地说：

"皇阿玛不只捅了你一刀，他也捅了我一刀，岂止一刀，捅了好多好多刀！在我的生命里，他不只是一个父亲，他也是一个神！过去的许多年，我跟在他身边，天天保护着他的安全，为了他，可以拼命！今天，他却要我们每一个人的命！"

小燕子见尔康和永琪都受伤，紫薇的眼睛又瞎了，大家流血的流血，伤心的伤心，她再怎么乐天，这时都化为伤痛，越看越难过，悲从中来，她就扑到车窗口，对着窗外放声大叫：

"皇阿玛！你真的要把我们通通杀了，你才满意吗？请你看看我们，看看我们，伤的伤、瞎的瞎……你还要做到什么地步，你才满意呢？"

其实，在深宫中的乾隆，一点也不知道永琪他们的惨状。当尔康和永琪双双受伤的时候，乾隆正在延禧宫里，思念着这些离家的孩子。

这天，和令妃逗弄了一会儿小阿哥，乾隆就心神落寞起来。奶娘抱走了孩子，乾隆站在窗前，对外面的天空遥望着，久久无言。令妃察言观色，就走到乾隆身后，坦白地问道：

"最近，有他们几个的消息吗？上次，说是他们之中，有人掉悬崖，有人摔马车，到底是谁？证实了吗？"

"没有！这些天，一点消息都没有！"

"没有消息，也是好消息吧！最起码，他们应该是安全的！是不是？"

乾隆担忧地看看窗外，摇了摇头。忽然回头看令妃，激动地说道：

"朕就是想不通，他们几个，跟在朕身边这么久，对于朕，还有什么不了解？明知道朕是'雷声大雨点小'的个性！当时脾气火暴，过后就忘了！多少次他们闯祸，包括劫狱在内，朕不是都原谅了？现在，香妃的事情已经过去了，朕已经昭告天下，香妃去世了！他们应该了解朕不会再要他们的脑袋了！只要他们几个自动回来请罪，在朕面前好好地磕个头，认个错，保证下不为例，朕也就算了！为什么他们就是不回来？紫薇是不是朕的亲生女儿，朕也不在乎了！小燕子是谁的女儿，朕也弄不清楚，还不是当自己女儿一样疼吗？这样待她们，她们居然忘恩负义到这个程度，实在太没良心了！"

令妃完全没料到乾隆有这样一篇话，兴奋得眼睛都亮了。

"皇上！您原谅他们了？"

"香妃的事，只要朕想起来，还是恨得牙痒痒！"乾隆终于坦白地说了，"可是，他们几个……确实牵动着朕的心！朕再怎么恨他们，却不能不想念他们！人，都有弱点，他们几个，是朕的弱点！"

"那不是弱点，那是皇上最珍贵的地方！"令妃感动地说，就鼓起勇气问道，"臣妾一直有个问题压在心里，想问皇上！不知道能不能问？"

"你问！"

"皇上那天下令把两位格格'斩首示众'，我们跪了一地，请求皇上刀下留人，皇上仍然说'杀无赦'！当时，是不是完全没有转圜了？如果尔康他们不劫走紫薇和小燕子，她们是不是死定了？"

乾隆默然片刻，终于一叹：

"那天，我确实气大了，确实恨不得杀了她们……尤其当我听到狱卒说'说不定尔康也变成蝴蝶飞走了'那句话！对朕而言，真是难堪！但是，她们还没有到法场，这是斩格格呀！就算到了法场，就算刽子手拿起斧头的时候，照例还要等朕最后的命令呢！何况，那天，朕心里知道，傅恒已经在法场等候，如果朕的'刀下留人'命令不到，傅恒也会用他的金牌令箭救下她们两个的！"

令妃眼睛更亮了：

"这么说，紫薇和小燕子，到了最后关头，皇上还是会刀下留人的！"

乾隆又默然不语了。令妃不禁悲喜交集，喊着：

"皇上啊！他们几个，一点也不知道皇上是这种心态啊！他们并不是'离家出走'，他们在'逃命'啊！你怎能希望他们冒着生命的危险，来自投罗网呢？就算他们想念皇上，后悔自己的错，他们也不敢再回来啊！"

令妃说中了要点，乾隆望着天空，更加出神了。

第十二章

永琪和尔康等人，又折回了洛阳，回到四合院。

这天晚上，大夫诊治过了尔康和永琪，伤口都妥善地上药包扎了。永琪的伤口不深，大夫说是不碍事，大家安心不少。但是，尔康失血很多，伤口也很深。大夫再三叮嘱，一定要好好休息治疗。否则，整只手臂都会作废。大家听了，真是忧心忡忡。尤其紫薇，恨不得以身相代。虽然她的眼睛看不见，她坚持守在尔康床前，衣不解带。

入夜之后，尔康就开始发烧了，脸色苍白地躺在床上，神志也不清楚了。大家都守着他，不断用冷帕子压在他的额上。紫薇站在床边，因为看不见，只能摸索着给他换帕子，又是着急，又是心痛，又是无奈。

尔康昏昏沉沉，嘴里喃喃地呓语着，每一句呓语，都是紫薇：

"紫薇……不要走那边，那边有悬崖……我搀着你……紫薇！紫薇……哎呀……不好……"

尔康大喊着，从床上惊跳起来，大家急忙按住他的身子。
紫薇恐惧地说：

"他烧得神志不清了……他会不会死？"

"别说傻话了！紫薇，你去休息！"箫剑说。

"那怎么可能？他伤成这样，就是用一百匹马来拉我，也
没办法把我从他身边拉开！不管我看得见，还是看不见，我
都要守着他！"紫薇坚持地说。

柳红拿了一个托盘，里面放着饭菜，放在桌上，着急地
说道：

"紫薇！你吃一点东西，我们来照顾他！"

"我吃不下！"

柳红把她拉到桌前来，按进椅子里。

"你吃不下也得吃！现在已经三更了，你一直不吃，会把
自己累病的！眼睛没好，脑袋上的伤也不知道好了没有？还
不爱护自己，大家都倒下的话，怎么办？"

小燕子也急急安慰紫薇：

"紫薇，你不要急，大夫不是说了，尔康发烧是正常现
象吗？身上有个大伤口，一定会发烧！我们大家都在照顾他，
你把自己放轻松一点，赶快吃东西，嗯？"

紫薇这才勉强地吃着东西。因为看不见，碗盘碰得叮叮
当当响。

尔康在枕上不安地蠕动，喃喃呓语着，忽然又大喊：

"紫薇……紫薇……你在哪里？"

紫薇听到尔康一喊，就像弹簧般跳了起来，本能地往床前奔去，眼睛看不到，就撞翻了桌子，杯杯盘盘，全部落地打碎了。她脚下一绊，跌倒在地。大家急忙扑过来，搀扶紫薇的搀扶紫薇、收拾碎片的收拾碎片。永琪着急地说：

　　"紫薇，你会把我们大家弄得更乱……你也是病人，病人就不要照顾病人了！让我们来吧！"

　　"永琪，你会说紫薇，你呢？手腕上也有伤，大夫说，也要好好休息，你怎么还不睡？"柳红说。

　　小燕子就心痛地嚷：

　　"就是！就是！永琪，你赶快去睡吧！我们这儿人够多了！"

　　"唉！我怎么睡得着呢？"永琪看着昏昏沉沉的尔康，叹气说。

　　紫薇充满了挫败感、无力感，摸摸索索地来到尔康床前。

　　尔康在迷迷糊糊中挣扎，喊着：

　　"皇上……皇上！请饶了紫薇和小燕子！请不要……请不要赶尽杀绝……她们……她们……"

　　听到他在病中，心心念念，还是自己和小燕子，还是皇上，紫薇心里的痛，简直无法形容。她摸索着，握住他没有受伤的手，心碎而无助地低喊：

　　"尔康！我真是无助极了！我看不见，不知道能为你做什么。我答应过你，要做一个'快乐的瞎子'，可是，你病成这样，我却束手无策……我知道你身上有个大伤口，心里也有个大伤口，我多想用我的心、我的手、我的眼睛来帮助你，可是，我看不见！我连自己都照顾不好，怎样再来照顾你？我好绝望！这种绝望，把我快要撕成一片一片了！尔康，告诉我，一个破碎的我，怎样来帮助一个破碎的你？"

紫薇这篇惨痛的话，弄得每个人都眼泪汪汪了。

萧剑看看紫薇和尔康，就把紫薇的琴拿了过来，放在桌上，再拉了一张椅子，让她坐下，把她的双手，放在琴弦上。

"弹琴吧、唱歌吧！弹他最爱听的歌、唱他最喜欢的歌！"

紫薇神情一振，顺从地说：

"是！"

紫薇就安静下来，扣弦而歌：

> 梦里听到你的低诉，
>
> 要为我遮雨露风霜，
>
> 梦里听到你的呼唤，
>
> 要为我筑爱的宫墙，
>
> 一句一句，一声一声
>
> 诉说着地老和天荒！
>
> 梦里看到你的眼光，
>
> 闪耀着无尽的期望，
>
> 梦里看到你的泪光，
>
> 凝聚着无尽的痴狂，
>
> 一丝一丝，一缕一缕
>
> 诉说着地久和天长！
>
> 天苍苍，地茫茫

你是我永恒的阳光！

山无棱，天地合

你是我永久的天堂！

　　紫薇唱着，唱完一遍，就再唱一遍。她一句一句、一声一声地唱着。她唱得痴了，满屋子的人听得也痴了。尔康在这样的歌声中逐渐平静了，不再呓语。

　　慢慢地，天亮了。日出染白了窗子，紫薇已经不知不觉地，唱了一整夜。

　　室内，小燕子、萧剑、永琪、柳红有的坐在椅子里，有的趴在桌子上，累得东倒西歪睡着了。

　　尔康在做梦，梦到自己在烈火中被烧烤，像是苏苏一样。火舌卷着他，吞噬着他。但是，火焰的彼端，紫薇像个仙子，盈盈而立，唱着歌，手里像是纺纱抽丝一样，把那些火焰全部收走。火焰消失了，烧烤停止了。他勉强地睁开眼睛，看到紫薇弹琴的手，看到紫薇唱歌的唇，看到紫薇痴痴的眼神。他的紫薇，他那完美无瑕的紫薇，正在一句一句地唱着："山无棱，天地合，你是我永久的天堂！"他深深地、深深地、深深地凝视着她，看得痴了。

　　紫薇一面唱着，一面"看向"尔康，眼光和尔康的"接触"了。

　　尔康痴痴地看着她，紫薇也痴痴地"看着"他。尔康嚅动着嘴唇，无声地说：

　　"紫薇，你的眼睛好美！"

紫薇一个悸动，停止了唱歌，放下了琴，"看着"尔康。

尔康想说话，喉咙里干干的，好渴！他无声地说：

"水！"

紫薇惊跳起来，惊喜地应着：

"你要喝水？来了！我就来！"

紫薇奔到桌边，从茶壶里倒了一杯水，端着茶杯，奔回到床前。

"我扶你，我扶你……"她说，就扶起了尔康，把杯子凑到他唇边。

尔康用没有受伤的右手努力地撑持着，让自己坐起身子，忘了喝水，他不敢相信地、呆呆地、屏息地看着紫薇。

这时，箫剑已醒，惊愕地看着，一动也不敢动。

紫薇着急地问：

"你怎么不喝？"

尔康的心急跳着，几乎从口腔里跳出来。他低低地、急促地回答："我喝！我喝！"就用没有受伤的手，颤抖地扶住杯子，一口喝干了水，盯着她，小心翼翼地说道："可不可以再给我一杯？"

"是！"紫薇又奔到桌边去倒水。

这样的声音，把小燕子、永琪、柳红都惊醒了，大家看到紫薇在倒水，个个惊愕得张大了眼睛。小燕子忍不住惊呼道：

"紫薇……"

箫剑急忙阻止小燕子：

"嘘！"

小燕子就用手堵着嘴巴，睁大了眼睛观看。永琪、柳红、箫剑也屏息看着。

紫薇倒了水，又捧到床边。

"来了！来了！"她扶起尔康，看看那包扎得密密的手臂，绷带上仍然沁出血迹，心疼得不得了，"你流了好多血！怎么办？怎么办？"

尔康凝视着她，目不转睛地说：

"哪儿有血？"

紫薇看着那染血的绷带：

"还说没有……绷带都染红了……"

尔康确定了，心中狂喜，再也顾不得自己的伤口了，把紫薇一拥入怀，大喊：

"天啊！紫薇……我会高兴得发疯！"

尔康这一动，紫薇手里的杯子碰落到地上，水也翻了。她着急地喊：

"你不要动呀！会碰到伤口呀！等会儿又流血了……"

尔康热烈地、含泪地喊：

"如果我的血，可以换回你的眼睛，我流再多的血，也在所不惜！"

紫薇这才呆住了，蓦然惊觉，自己又能够"看"了，这一惊真是非同小可。她张大了眼睛，不敢相信地瞪着尔康。尔康的脸、尔康的眼神、尔康的伤、尔康的人！天啊！她看到了，她又看到她心里的人了！她小小声地、颤抖地说：

"尔康……我看见了！我看到你了，我看到你的眼光，看到你的血，看到你的脸，看到你看我的眼神……我真的看到了！"

尔康狂喜地、感恩地闭了闭眼睛，虔诚地喊：

"感谢天！感谢地！感谢万能的上苍！感谢所有的神灵！"

紫薇再睁大眼睛，仔细地看尔康，陷进巨大的震撼中，不住口地说着："我看见了！我又能看了！尔康……"她贪婪地摸着他的脸："你好苍白，你好憔悴……"急忙推开他："我碰到了你的伤口！痛不痛？痛不痛？"

尔康含泪而笑。

"痛！好痛！真痛！可是，痛得好！让它痛！"说着，就用右手把紫薇抱得紧紧的，不肯松手，大声说，"若非一番痛彻骨，哪有紫薇扑鼻香！"

小燕子再也控制不住自己了，从椅子里直跳了起来，手中的帕子往空中一扔，满房间又跑又跳，放声大叫了：

"玉皇大帝！如来佛！王母娘娘！观世音……所有所有的神仙，小燕子给你们磕头了！紫薇看见了！紫薇看见了！万岁万岁万万岁！"

永琪走向紫薇和尔康，含泪带笑地说：

"尔康，紫薇，恭喜恭喜！我现在明白了，什么叫作'置之死地而后生'！"

小燕子弄不懂永琪的成语，欢声大叫：

"是！'蜘蛛死了还会生'！我们是打不倒、死不掉的蜘蛛！"

柳红脸上，已经爬满了泪，眼睛里，充满了笑。

萧剑站在一边，看着他们，脸上带着深深的震撼和感动。

几天后，尔康已经可以下床行动了。紫薇也完全复明了。就连来为大家诊治的大夫也惊奇不已，说：

"没想到进步这么快，烧也退了，伤口已经在愈合了，毕竟年轻，身体的底子好！但是，还是要小心，千万不要碰到伤口，也不要碰水，我开的药，还是要吃！至于这位姑娘的眼睛，真是奇迹呀！我不是眼科大夫，对眼睛知道不多，姑娘这种病例，我也没有遇到过！我想，姑娘是心地好、命大、有菩萨保佑吧！这种暂时性的失明，可能跟脑袋上的撞伤没有关系，而是在某种刺激下失明，又在某种刺激中恢复！总之，好了就是奇迹！恭喜恭喜！"

"那……不会再复发了，是不是？"尔康急切地问。

"说实话，我不知道！但是，我想……已经好了，就应该不会复发了！"

大夫出门去。众人好高兴，欢天喜地地送走大夫。

紫薇重获光明，实在喜出望外，忍不住站在小院里东看西看，喊着："好美的太阳啊，好美的小四合院啊，好美的小燕子啊，好美的柳红啊……"她看到院子里有几盆小花，看得目不转睛。

尔康走了过来，目不转睛地看着她。

"从来不知道花的颜色这么好看！"紫薇用手遮着眼睛，看了看天空，"天空多么漂亮！那种蓝，几乎是透明的！云也这么好看，流动着，像一条河，像一首诗！"

尔康看着她，看得发呆了，惊叹地说："最好看的，是你的眼神！这么亮，这么喜悦，这么充满了生命力……我实在太快乐了，连皇上对我们的冷酷，我都能置之度外了，因为你的眼睛里，又有了光彩！"说着，他就用没有受伤的右手把紫薇拉到面前来。

两人深深切切地互视着，好像几百年没有看到对方似的。紫薇就满眼发光地说：

"尔康！再能见到你，我已经等于再世为人了！"

尔康凝视着她：

"能够重新和你的眼光交会，我的幸福感实在太巨大了！老实告诉你，我早已习惯从人群中去找寻你的眼光。每次，和你的眼光接触，我都会心中一热，然后心跳加快……自从你看不见之后，我抓不住你的眼光，每次，看到你茫然的眼神，我的心跳就变成了心痛！这些日子，我的痛苦，绝对不比你少！"

"我知道，我都知道。我也要告诉你一个秘密。记得我们两个第一次见面吗？那是在小燕子和皇阿玛去祭天的游行上，我追着游行队伍跑，你出来拦阻我！那时，你的眼光盯着我，带着一种深刻的研究的神情，不知道为什么，你的眼光让我充满了希望，我心里仿佛已经知道，这个男人，会主宰我的生命！所以，我爬向你，抓住你的衣摆，求你帮助我！我想，人和人之间的相知相惜，除了语言，就靠眼神来传递！在我看不见你的这些日子里，我就一直回忆你的眼神，让这个回忆支撑着我！让我不倒下去！"

尔康深深地、深深地看着她，感动至深地问：

"真的吗？你都没有跟我说！从今以后，我的眼神会一直追着你，希望你不要被我看烦了！"

"还有一件事，一直让我好难过！"紫薇继续说，"记得在和皇阿玛出巡的时候，你有天发神经，对我说：'你时时刻刻，给我一个眼光也好，让我知道你心中有我！'记得吗？我看不见的这段时间里，常常想起这句话，就心痛得不得了，因为，我再也不能给你那样的眼光了！"

尔康听得好心痛。

"你怎么都没跟我说？你怎么都不把你心里的痛苦告诉我？"他仔细地看她的眼睛，担心地说，"紫薇，不要再看了，把眼睛闭起来，休息一下！别让你的眼睛太累了！"

"我不！"紫薇热烈地喊，"我要给你那样的眼光，我要一直看着你，看着你！我好怕老天又会把我的视力收回去，我一定要看够！"

"紫薇！不会的，不会的！你好了，再也不会看不见了！"尔康说着，就忘形地把她一抱，碰到伤口，痛得直吸气，"哎哟！"

紫薇跳开身子，脸孔顿时吓得雪白：

"我碰痛你了！我碰痛你了……"

"就算为你废了这只手，我也心甘情愿！"尔康说。

"如果我的眼睛要用你的手来换，我宁愿瞎……"

尔康立即用左手去蒙住紫薇的嘴，但是，他忘了自己左手不能动，又再度碰痛了伤口，不禁痛楚吸气，但却不放开捂着她嘴巴的手。

紫薇睁大眼睛看着他，眼神里，是无尽无尽的爱。

这天晚上，小燕子太高兴了，居然做了好几道菜，要为大家庆祝。她把丰盛的菜肴一盘一盘端上桌，嘴里大喊大叫：

"吃饭了！吃饭了！各位兄弟姐妹，赶快来吃饭啊！是我和柳红做的菜，本人今天表演了好几招，你们大家有口福了！"

永琪、萧剑急忙走来帮忙，大家嘻嘻哈哈地把碗筷摆好。紫薇和尔康走了过来，尔康虽然憔悴，却神采飞扬。

"尔康，你就不用下床了！让紫薇把饭菜拿到卧室里去吃吧！"永琪说。

"我哪有那么娇弱？男子汉大丈夫，受点小伤算什么？"尔康坐了下来，"和大家一起共进晚餐是一种快乐，我怎么能错过呢？何况，还有小燕子亲手做的菜！"

"我声明，"柳红笑着说，"那个鱼香肉丝、红烧肉、炒茄子是小燕子的手艺，如果出了差错，我概不负责！其他是我做的！这锅鸡汤，也是小燕子特别为两个病人炖的！你们尝尝看，到底是我这个会宾楼的老板强，还是小燕子强？"

"哈！小燕子能够把菜烧熟就很不错了！这些日子，紫薇看不见，柳红没赶到，我们要不然就吃烧焦的饭菜，要不然就'食不知味'！真是辛苦极了！"萧剑说。

众人全体大笑。大家围着桌子坐好，萧剑就倒着酒：

"我要干一杯！自从开始逃难，我这个'酒'始终没有喝过瘾！"

"我也要喝！我也要！"小燕子喊。

箫剑给每个人倒酒。紫薇说：

"尔康身上有伤口，不能喝酒！"

"谁说的？我也要喝！"尔康看着紫薇，"为了你的复明，让我喝一口吧！"

"好！一小口！我也不敢多喝，也陪大家喝一小口！为了金琐和柳青、为了我的眼睛重见光明、为了我们大家的劫后重生，碰杯吧！"

大家举起酒杯，兴高采烈地碰杯，开始吃饭。永琪存心要讨好小燕子，问：

"小燕子！这锅'红烧肉'是你的杰作对不对？"

"是呀！我多加了一点料……"

永琪已经吃了一大口，顿时眼睛一瞪，赶快伸长脖子，一口就咽下去，咽完了，又伸舌头，又呼气，问：

"你加了什么料？"

"放了一点胡椒而已。"

永琪眼睛张得大大的，一本正经地看着大家，推荐地说：

"很特殊的红烧肉，各位如果错过了，会终身遗憾，不可不吃！"

于是，大家都夹了一筷子红烧肉，吃进嘴里。

顿时间，只见众人跳起来的跳起来，吐出去的吐出去，喝水的喝水，涨得脸红脖子粗的涨得脸红脖子粗，这个咳、那个呛……闹了个手忙脚乱。尔康叫着说："小燕子！我身上还有伤口，你不能这样害人……"说着，拼命咳。

"我的天！我的天……"紫薇眼睛瞪得好大，急忙拿了一杯水给尔康，"喝水！喝水！小燕子说的，人都要喝水，早上要喝水，下午要喝水，晚上要喝水……吃了小燕子的红烧肉，尤其要喝水……"

柳红拼命呸着：

"只有天才，才烧得出这种红烧肉！小燕子，你跟我们有仇呀……"

"怎么了？"小燕子瞪大眼睛问，"你们总不至于吃了我的红烧肉就集体中毒了吧？反应太过度了吧？"

萧剑涨红了脸，直着脖子，把红烧肉咽了下去，说道：

"这是我第一次吃到'酸辣红烧肉'！真是终生难忘！现在才知道，那几天，你让我们'食不知味'，是'手下留情'了！这'知味'的时候，才不同凡响，简直是'五味俱全'！"

小燕子纳闷地说："什么滋味不滋味的，听得我的头都晕了！怎么会'酸辣'呢？我不信，你们故意装模作样来和我开玩笑……"就也夹了一筷子红烧肉，放进嘴里，一嚼，立即吐出来，大叫："哇呀！不得了，我把醋当成酱油了！又放了好多辣椒！不得了！呸！呸！呸……"她满房间跳着、呸着，反应比任何人都凶。

大家全部笑得东倒西歪了。

好不容易，大家笑停了。柳红就收起笑容，正色说道：

"我要跟大家报告一件事，我们大家的盘缠，已经用得差不多了！大夫出诊要钱，六个人吃饭要钱，抓药要钱，住房子要钱……我们如果不想办法，就要饿肚子了！所以，我想，明天我和小燕子到闹市区去'赚钱'吧！"

"怎么赚？怎么赚？"永琪追问。

"老办法赚！我们去卖艺……"小燕子兴冲冲地说。

"像以前一样吗？"紫薇问。

"对！我们这么多人，又会这么多功夫，卖艺总可以吧！"

"可是，卖艺要大张旗鼓，我们正在躲躲藏藏，如果敲锣打鼓地公然卖艺，不是会暴露行踪吗？"尔康问。

"我可以去跟我的朋友借钱……"萧剑沉吟地说。

"不行！"尔康立刻抗议，"这一路还长得很，如果我们不能自力更生，都要靠你的朋友帮忙，那还了得？假若要借钱，不如去卖艺！"

小燕子就嚷道：

"不要顾忌这个、顾忌那个了！我们是那个'蜘蛛死了还会生'的人，不要怕！明天，萧剑保护尔康和紫薇，留在家里，我和柳红、永琪赚钱去！"

"那……我宁愿萧剑保护你们吧！我虽然伤了一只胳臂，还不至于成为废人，紫薇的眼睛又好了，我们不需要保护！"尔康说。

小燕子就一拍桌子，说：

"就这么说定了！等会儿，我们先排演一下，我和柳红扮成一对落难的姐妹，永琪和萧剑就混在观众堆里面，假装是好心的人，到时候，要做出一股同情的样子来，拼命捐钱，还鼓动大家捐钱！懂了没有？"

永琪一听，立刻面有难色：

"那……多难看！我们用别的法子吧……这似乎不怎么

光彩！"

"少爷，我们已经是那个什么山什么水了！你还要光彩？"
小燕子喊。

"山穷水尽，走投无路……这个台词，我来帮你写！"紫
薇说。

"我懂了！"萧剑一笑，看着小燕子，"这个玩意儿，我
从来没有玩过，但是……我舍命陪君子，一定全力配合！"

于是，第二天，紫薇和尔康留在四合院里养伤。其他的
人，全部去卖艺了。

小燕子和柳红，荆钗布裙，站在闹区的街角。小燕子拿
了一个大铜锣，乒乒乓乓地敲着。柳红拿了一把大刀，摆着
架势，站在小燕子身边。

路人看到这样出色的两个姑娘，就好奇地聚集过来。永
琪和萧剑混在群众之中，等着上场。小燕子看到人群已经聚
了很多，就停止敲锣，对众人朗声说道："各位洛阳的父老兄
弟姐妹大爷大娘们，我是小燕子，这位是我的姐姐小鸽子，
我们姐妹两个是河北人，要到四川去寻亲，经过贵宝地，不
料姐姐在路上生了一场大病，为了请大夫，把所有的盘缠都
用光了。我们姐妹两个，是那个什么天不应，什么地不灵的，
现在流落在洛阳，已经是那个那个……山也穷了，水也光了，
没地方住，没饭吃了……俗话说，在家靠父母，出门靠朋
友……我们姐妹两个还会一点拳脚功夫，在这儿给各位献丑
一段，请大家帮助一点旅费，各位的大恩大德，小燕子在这
儿先谢谢了！"就抱拳说道："谢谢！谢谢！"

箫剑站在人群里，听着小燕子煞有介事地念台词，带着笑意，觉得挺好玩。永琪到底是阿哥出身，哪里面对过这样的情形，觉得尴尬极了，手脚都不知道搁在哪儿好，想到等下还要假扮捐钱的人，来吆喝大家捐钱，就更加尴尬了。他悄悄地退到人群里，恨不得找个地洞躲起来。

　　小燕子说完，就拿起预先准备的一把大刀，和柳红比划起来。

　　两个姑娘刀来刀去，舞得密不透风，煞是好看。

　　观众看得过瘾，掌声雷动，纷纷叫好。

　　两人舞了一阵，就收住刀，对观众一抱拳。柳红拿了盘子，向围观群众收钱：

　　"请随便赏一点！谢谢！谢谢！"

　　群众看到盘子伸过来，零零落落地丢进几个铜板，有的人干脆退后，捐钱一点也不热络。小燕子连忙给箫剑和永琪使眼色，要他们上来捐钱。谁知，永琪退到更后面去了，箫剑也迟疑着，裹足不前。小燕子好急，心想，这两个男人怎么回事？该他们上场，一个也不动！于是，她猛看箫剑，箫剑被她的眼光看得不好意思了，用手抓抓头，终于上场了。本来，他应该饰演"慷慨解囊"的角色，但是，他嘴里低低地叽咕了一句：

　　"男子汉大丈夫，做些骗人的勾当，实在不够光明磊落！"

　　就脸色一正，临时改了台词，说："各位洛阳的朋友们，如果你们看这两位姑娘的表演不过瘾，我箫剑也来表演一段，希望大家慷慨解囊！"说着，对小燕子一抱拳："姑娘，在下有些话，实在说不出口，包涵了！"

小燕子一听，这个箫剑，不按排演的演出，显然临时怯场了，心里好生气，一刀砍向他，大骂：

"什么名堂嘛？还说'全力配合'？不要多说了！看刀！"

箫剑一惊，急忙跳开。小燕子又是一刀砍来，继续骂：

"男子汉大丈夫，脸皮比女人还薄！我砍你！"

小燕子说砍就砍，完全不是做戏，来势汹汹。

箫剑灵机一动，老花样又来了，故意慌慌张张地躲着那把刀，嘴里大叫着："刀剑没有长眼睛，不要开玩笑……"话没说完，就摔了一大跤。

观众也不知道是真的还是假的，看得津津有味，笑得前俯后仰。

小燕子再对箫剑砍去，箫剑狼狈地躲着那把刀，一连摔了好几跤。好几次，刀都几乎砍到箫剑身上，箫剑再以毫厘之差，危危险险地躲过。两人一个追、一个逃，一路乒乒乓乓、摔摔跌跌，又是滑稽突兀，又是惊险万状。

观众疯狂地鼓掌，柳红急忙端着盘子收钱，盘子里的钱不断涌进。

永琪看得目瞪口呆。

终于，箫剑跳出了战圈，小燕子看到收获颇丰，也就笑逐颜开了。然后，小燕子和箫剑并排一站，一起对观众抱拳施礼，齐声说：

"谢谢大家！谢谢！谢谢！"

两人站在那儿，有如玉树临风。

观众爆出如雷的掌声。

永琪躲在人群中，看得有些发愣了。听到身边的两个人在津津有味地议论着：

"好功夫，好漂亮！我打赌，他们是一对儿！"

"可不是！默契那么好！长得也真俊！真是郎才女貌……"

永琪听了，脸色一变，内心深处，被狠狠地撞击了。

第四册完，待续第五册《红尘作伴》

（京权）图字：01-2025-0195

图书在版编目（CIP）数据

还珠格格．第二部．4，浪迹天涯／琼瑶著．--北京：作家出版社，2025.1.--（琼瑶作品大全集）．--ISBN 978-7-5212-3236-3

Ⅰ.I247.5

中国国家版本馆 CIP 数据核字第 20259HJ608 号

还珠格格 第二部 4 浪迹天涯（琼瑶作品大全集）

作　　者：琼　瑶
责任编辑：桑　桑　晓　寒
装帧设计：棱角视觉　纸方程·于文妍
责任印制：李大庆　金志宏
出版发行：作家出版社有限公司
社　　址：北京农展馆南里 10 号　　　邮　　编：100125
电话传真：86-10-65067186（发行中心）
　　　　　86-10-65004079（总编室）
E-mail: zuojia@zuojia.net.cn
http://www.zuojiachubanshe.com
印　　刷：唐山玺诚印务有限公司
成品尺寸：142×210
字　　数：173 千
印　　张：8.375
版　　次：2025 年 1 月第 1 版
印　　次：2025 年 1 月第 1 次印刷
ISBN　978-7-5212-3236-3
定　　价：2754.00 元（全 71 册）

品 琼 瑶 经 典

忆 匆 匆 那 年

琼瑶作品大全集